이태석 요한 신부 추모시집

환한빛
사랑해
당신을

이향영 레지나 지음

문학
의식

환한 빛
사랑해
당신을

하늘나라는 먼 곳에 있는 줄 알았지요. 이번에 시집을 정리하면서, 그 나라에 계신 그립고 그리운 분들은 모두 제 마음속에 존재해 있었습니다.

안토니 가우디는 오래전 세상을 떠나서도 그가 현재까지 건축하고 있는 사그라다 파밀리아 성당처럼, 이태석 신부님은 하늘나라에서도 세계 곳곳에서 선한 일을 하고 계시지요.

가슴으로 쓴 이 시집이, 고 이태석 요한 신부님과 아프리카 수단학생들의 영혼으로 스며들어 행복하기를 간구 드립니다.

해운대 대청 호숫가에서
2019년 초겨울에
이향영 레지나

✝ 찬미 예수님

벌써 이태석 신부가 떠난 지 10주기가 되었다. 그동안 그는 우리 맘에서 작은 싹을 틔우며, 조금씩 커 나가고 있는 것 같다. 리사리 씨도 그런 작은 나무다. 태석 신부를 그리워하면서 그의 사랑에 위로받고 그의 사랑의 향기를 전하기 위해서 지난 일 년 동안 마음에서 터져 나오는 소리를 한 권의 시집에 담아냈다.

자신에게 받은 귀한 재능과 능력을 가지고 오롯이 이태석 신부를 그리워하고 사랑하는 마음을 전하고 싶어서 만든 시집을 읽으면서 다시금 그의 불꽃같은 삶을 기억하고, 그가 우리에게 맡기고 간 아프리카의 우리 아이들을 생각하게 한다.

리사리 작가는 미국에서 오랜 생활을 하고 있으면서 그림도 그리고 글도 아주 열심히 쓰는 열정이 많은 분이다. 작가는 오랜 세월동안 마음에 넣어 두었던 경험과 풍부한 감성을 하나씩 작품에 풀어내면서 삶을 지혜롭게 그리고 풍성하게 만드는 제주가 있는 분이다.

이태석 신부의 삶을 영화와 책을 통해서 그리고 묵상을 통해서 기억하면서 쓴 이 시집이 많은 사람들에게 위로와 사랑을 함께 전할 수 있기를 기대한다.

김효근 야고보 신부
미주 아프리카 희망 후원회 이사장
미국 엘에이 성 프란치스코 본당 주임신부

『환한 빛 사랑해 당신을』을 읽고

실제로는 한 번도 만난 일이 없으면서 이태석 신부님의 삶에 감명을 받아 수십 편의 시를 빚어낸 시인의 열정이 그대로 살아 숨 쉬는 책!

어느덧 이 시대의 사랑의 대명사가 된 한 사제가 한창 일할 나이에 세상 떠난 일을 누구보다 애통해 하는 이 책의 저자는 불의의 사고로 잃은 자신의 아들을 슬픔 속에 봉헌하며 기도하는 마음으로 글을 쓰는 동안 남다른 치유의 은총도 체험했으리라 믿습니다.

통고의 성모님을 닮은 그토록 간절한 모정으로 이태석 신부님의 삶을 한 편의 시가 아닌 한 권의 책으로 엮어주니 절로 공부가 되고 새로운 감동이 밀려와 수단의 성자 신부님을 더욱 사랑하고 존경하게 만듭니다.

길이 남을 멋진 선물을 안겨주신 이 책의 저자에
게 독자를 대표해 감사드리며 '사랑해 당신을' 함께
노래하고 싶네요.

이해인

수녀, 시인

차례

2부 _ 물처럼 사랑하고 바람같이 떠나가다

3부 _ 별 그늘 향내로 그리운

4부 _ 먼 기다림은 별이 되어

1 부

만나기 전부터 존경하는 당신

만남으로

우리 성당에 책 판매가 있던 날
서울에서 오신 두 분 수녀님이
입술 가 환한 꽃 미소로
테이블위에 누워있는
책을 집어주셨다

로만칼라에 검정제의 입은
사제의 환한 웃음이
내 마음에 안겼다

수녀님이 집어 주신 책은
『친구가 되어 주실래요?』
수단의 슈바이처 이태석 신부님이
이 세상에 남긴 유일한 책 한 권!

책과의 만남
당신과의 만남
아프리카 아이들과의 만남이
줄마다 행간마다 샘이 솟듯

그리움 되어 덤벼드는데

만남의 순위를

예수님이라면 이곳에
성당을 먼저 지었을까
학교를 먼저 지었을까
병원을 먼저 지었을까
주님의 마음으로 고민하신 쫄리 신부님!

지천으로 깔린 병자를 외면할 수 없어
당신은 환자를 위해
열 두 칸 방이 있는
병원부터 지었네요!

두 번째, 성당보다 학교를 지어서
종일 빈둥거리며 방황하는
아이들 학교로 모았네요!

전쟁과 가난으로 상처 입은 가슴
기타와 오르간으로 시작해서 4년 뒤엔
트럼펫 클라리넷 트롬본 튜바
여러 악기로 구성된 35명의 브라스 밴드를 창립했네요!

그들의 핏속에 하늘에서 내리는 비같이
풍성한 달란트가 자라는 아이들

조건 없이 아프리카를 위해
모든 것 바치신 당신의 헌신

신은 당신과의 만남이 좋아서 빙그레 웃네요!

으뜸이신 태석 신부님

건축가이신 당신!
톤즈의 형제들 가슴 속에
음악으로 영혼의 구원을 건축하셨네요
고대인들은 원형극장의 구조를
음계와 교묘히 대응 시켰고
괴테는 건축을 응결된 음악이라 했지요

케냐에서 주문한 시멘트 아껴 넣고
흙벽돌 손수 찍어
병원 학교 기숙사 성당을 지은
당신은 으뜸이신 건축가시네요!

시간과 연습을 필요로 하는
기악을 스스로 습득하시어
상처 난 아이들 가슴에
당신의 생명을 불어넣고
음악의 팡파르가 우렁찬 희망으로
울려 퍼지게 하신

당신은 훌륭한 음악가
당신은 최고의 건축가
당신은 슈바이처보다 더 멋진 의사

아프리카 검은 대륙에
몸과 정신으로 사랑씨앗 뿌린 당신

세상이 평화의 물결 되어
그 위에 떠있는 아름다운 쌍무지개

먼저의 순위가 아이들이 되어
당신이 만든 최고의 명 작품들

아이들의 웃음꽃이 달리는 평화의 들판 톤즈!

가슴으로 낳은 자식들 위해

무조건 던지는 돌팔매질
창문이 깨어지고 사람이 다치는
시도 때도 없이 반항하는 B라는 말썽꾸러기
폭행죄로 수도원 시설에 온 H라는 골칫거리

미소는 백만 불짜리지만
뒤에 숨겨진 엄청난 고집과
음흉함으로 뭉쳐진 톤즈의 골통 마족

여러 꼴통들 치다꺼리로
자신의 몸이 상하고 상하여
병든 줄을 몰랐던 당신!

아이들 때문에
인내심이 단련되고
당신의 성소도 굳건히 지켜진다는
미운자식 빵 더 주는 마음으로
그들을 알뜰히 껴안은 당신!

꼴통을 고치는 답은 'X=사랑' 결핍이라며
말썽꾸러기들을 가슴으로 낳은 자식으로
뜨겁게 사랑하는 쫄리 신부님!

당신은 아가페 신은 아닌지요?

엄마의 가슴은

엄마가 딸의 손을 잡고
검진을 받으러 왔을 때
나병이 아니어서 참 다행이라
매우 기쁘셨던 당신

나병으로 판정이 나면
조금의 배급을 받을 수 있었는데
한숨 끝에 무너지는 발걸음

엄마의 표정은
실망어린 슬픔으로
고개 숙여 돌아섰고

자식이 나병이길 바란
참혹한 엄마의 기대
검은 대륙에 태어난 것을
누굴 원망해야 할까요?

세상이 외면하는
천형 같은 한센병이
딸에게 전염되기를 갈망하는
엄마의 심장에 돌을 던질 수 있을까요?

의사 신부님!
마치 제가 지은 온갖 죄가
그녀의 가슴을 할퀸 것 같네요

전지전능한 손이 엄마의 위로와 약이 되길

하늘나라의 신비

말라리아로 한밤중에
병원으로 실려 온 바끼따
온 몸을 뒤트는 소녀
간호사인 엄마가 딸을
미신에게 데려가겠다던
무겁고도 긴 밤
발륨과 수액을 주사하고
소녀를 살려낸 당신

사경을 헤매던 바끼따가 벌떡 일어나
아름다운 볼웃음으로 인사할 때
탈리타 쿰*

쫄리 신부님!
의사로서 당신의 봉헌은
"주님이 네 병을 고쳐 주셨어."
모든 영광을 그분께 드렸네요

훌륭하신 신부님!
그분의 신비로운 능력 안에서

그들의 미신을 사랑으로 이겨낸 당신!

* 소녀야, 내가 너에게 말한다. 마르 5,41

의사 신부님

마을족장 마비오리알의 장손 치콤이
지독한 뇌막염으로
한 달 동안 여섯 곳의 미신에게
소 60마리 바쳐도 낫지 않아
죽기 직전에 병원으로 실려 왔고

병원을 먼저 찾아주면
얼마나 좋을까
답답하여 깊은 한숨짓는 의사 신부님!

죽어가는 환자를
온전히 그분께 의탁하며
강한 항생제 계속 정맥으로 투여하고
팔다리 주무르며 기도 바치는 동안
기적같이 소생한 치콤

한결같은 마음으로 그분이 살리셨다고
감사기도 드리는 의사 신부님!

마비오리알 족장이
부족 사람들 50여명 거느리고
감사예식으로 춤을 추며
기쁨의 함성 지르며 찾아올 때

당신은 하느님 자비심에 대한
찬미기도 올렸네요!

치쿰을 소생시킨
그분의 전지전능하심에 무릎 꿇고
감사에 감사를 더하는 당신

당신은 감사의 신 톤즈의 신이 아닌지요?

도사 의사

말없이 침묵으로
시작되는 진찰시간
환자는 걸음을 걷고
의사는 관찰자로
서로의 시선 물끄러미 교환할 때
말없는 대화가 오가고

진실하지 않는 마음 밭에
진실하지 않은 눈들이 많은 세상
그러나 환자가 의사 앞에 앉을 때
그 눈은 진실이 되고

사기꾼이나 강도 혹은 살인범도
가장 진실한 순간은
몸이 아파 의사 앞에 앉는 순간

말라리아로 숨이 멎어
심장이 뛰지 않는 할아버지께
심폐소생술 심장 마사지
앰부 주머니로 공기를 주입하자
'푸우'하고 기적같이 심장이 뛸 때
의사 신부님도 따라서
'푸우'하고 안도의 숨 쉴 때

마치 도사처럼 짐작으로 진단해서
치료제 클로로퀸 주사액을 급하게 주사하고
'주님, 제가 할 일은 다했으니 나머진 알아서 하십시요'

모든 것 그분께 온전히 의탁하고
순명처럼 기도하는 의사 신부님!
환자를 가슴으로 치료하는
당신은 의사 도사시네요!

우리가 필요로 하는 당신을 하늘도 원하시는

종합 예술가이신 당신

당신은 의사이고 음악가이고 건축가이고
사제이고 교사인 못 하는 것이 없는
종합예술가!

톤즈의 캔버스에
한센우들 신발을 스케치하여
병든 육신을 신기며
영혼이 구원받게 하는

그분의 분신이신 당신은
21세기의 특별한 예술가

레오나르도 다 빈치가
회화를 높이 평가했고
미켈란젤로가 조각이야 말로
예술 중의 예술이라 논했지만

진정한 예술이 내면의 형상에 따른 활동이라면
사람의 가슴에 사랑을 심어
인간이 인간에게 꽃이 되신
당신은 위대한 종합예술가

당신이 톤즈의 캔버스에 그린 작품
세월이 갈수록 온 세상에 찬란히 피어날
사랑 꽃 조각이고 희생의 회화인 것을

당신의 영혼 깊은 곳에서 뽑아 올린
그 질료는 영원히 변하지 않을
사랑, 참 사랑의 길이지요

사랑의 근원이신 그분 안에서 생성된
신비롭고 위대한
예술가이신 당신!

예전에 본 적이 없고
앞으로도 볼 수 없을
참으로 신비스러운 당신
이집트 신화에 등장하는 불사조처럼

어서 속히 재림하듯 오시면 안 되나요?

그리움은 무지개로

구루루 쿠루루
한결같이 맞아준
행콕 파크의 다람쥐들
다정한 내 친구

오늘 아침
산책로에서 본
내 친구 다람쥐의 주검

가슴 속으로
쏜살 같이 밀려오는
이태석 신부님의 선종
내 아들 유빈이의 죽음

언제까지고
지워지지 않을
기억의 여신 므네모시네가
내 안 깊은 곳에 사는가!

다람쥐의 주검도 놓치지 않고
번개보다 빠르게 살아오는
하늘나라에 사는
그립고 그리운 사람들

안타까움을 남기고 가신 신부님!
한 마디 말없이 곁을 비운 내 아들!
가슴 밑으로 흐르는 소리 없는 울음은

그리움 되어 무지개로 찬란히 지고 뜨고

당신은 진정

그분을 지극히 사랑하여
말씀의 순명 따라
그분의 신부가 되고
진리 따라 사신 요한 신부님!

하루에 150여 명 몰려들던 환자들
단 한 명도 거절 않고
새벽에 찾아오는 병자도
차마 돌려보내지 못하는

당신은 진정
인간의 형상을 입은
평화의 신이 아니신가요?

요한 신부님!
당신은 처음부터 끝까지
신화 속에서나 있을 법한
차마 믿기 어려울 신비스러운 분

당신은 진정 누구신가요?

보석의 궁전

요한 신부님!
하늘나라가 얼마나 좋으면
그리도 바쁘게 가셨나요?

그분 계신 성전에서
기도로 무릎 꿇고
영혼으로 그림을 그려 봅니다

청옥 취옥 홍옥 황옥
자옥의 재료로
성문은 열두 진주로 세워진
하늘나라의 도성
요한의 묵시록 따라
새 하늘로 들어가 봅니다

그분의 영광이 빛이 시기에
해도 달도 필요 없는
저녁노을 보다 황홀하고
유리알같이 빛나는
환한 빛의 나라에

톤즈의 합창단이 연주하는
찬미가 온 하늘을
나비되어 날고 있네요

아름다움이 절정으로 세워진
찬란한 보석 궁정에서

의사 가운 벗고
검은 제의 벗고
황금 제의 입고

하늘의 보석 궁궐 길이길이 누리소서!

그분의 향기

태석 신부님!
그분의 향기가 가득 담긴
톤즈 친구들의 맑은 눈동자 속에
하느님 형상이 물씬
사랑의 빛으로 피어나는 들꽃입니다

반짝이는 아이들의
깊고도 슬픈 눈망울과 핏속에 흐르는
천재적인 춤과 노래에 감동해서
아이들을 통해 그분을 느낀 당신!

불타는 아프리카 대륙에서
피와 살로 캐낸 보석들
갈고 닦고 빛낸 흑진주의 노래
그분께 찬양으로 올려 드리는
당신의 가슴 아름다운 합주곡

성 삼위일체로 유일 하시며 위대하신 분께
아낌없는 영광 눈물로 바치는
외롭고도 기쁜 당신의 작품들

감동한 제 귀와 눈이 비가 되어 내립니다

바보 신부님

부귀와 출세를 스스로 버리신 당신
초등학교 1학년 때부터 복사로
피아노와 기타로 미사에 봉헌하고
째고 꿰매는 소질을 타고난
달란트와 흥미를 가진 의사 신부님

로마에서 영어와 이탈리아어를
톤즈 현지어인 딩카어를
어학에도 뛰어난 실력가이신 당신

요한 신부님은 톤즈인의 따뜻한 친구
한국에서 온 슈바이처
영어 수학 음악을 가르치는 선생님
때로는 건축가고 농부시며
말씀을 전하는 그분의 충실한 아들

어떤 분야에서도 최고가 될 수 있고
큰 키와 호남 형은 일등신랑이 되어
아름다운 신부 맞아 자식 낳고
세상적으로 편하게 살 수 있는 당신

그분 말씀에 순명해서
부귀와 출세를 버리고
목숨까지 담보로 내 놓고
가난한 이웃을 선택하신 바보 신부님!

어찌하면 당신처럼 완전한 바보가 될 수 있나요?

대한민국의 향기를

문화와 전통
나라와 국민이
자랑스러운 대한민국의 향기

거리마다 친절한 인사
분리수거로 오물이 없고
환경오염을 줄이려 애쓰는
아름다운 우리국민들!

모두가 예술혼을 타고난
신기가 많은 민족
K-팝이 온 우주를 물결치고
21세기 세계 예술을 리드 하는
위대한 대한민국 사람들!
맛있는 음식이 많아서
기절 할 것 같은 식탁
한 끼 반찬이 스무 가지가 더 되는 곳은
지구별에 대한민국이라는 나라 뿐

문화와 전통 사랑까지 가난한 나라와
나눌 수 있는 선진국이 되어
대한민국의 향기가 세계 구석구석까지

번지고 번지는 사랑의 씨앗이 되신 당신!

피에트라 강가에서 나는 울었네

파울로 코엘료의
『피에트라 강가에서 나는 울었네』를 읽으며
당신의 신학교 시절을 생각하네요

소년소녀 시절부터 서로가 좋아했던
주인공 필라의 연인은
어느 날 신학생이 되었고
다시 만난 그들은 서로의 사랑을 확신하며
함께 살기를 약속하는데

신학생인 그는 필라 몰래
성모님으로부터 받은 치유의 은사를 거두어 달라고
맨몸으로 눈밭에 엎드려 비는데
'은사가 너에게서 빠져나가 성모님의 품으로 돌아가리라'란
어떤 목소리를 듣게 되고

사제가 되기 위해 평생을
청빈과 정적과 순종의 서약을 하는 길
사랑하는 사람과 함께 하기 위해서
그분과의 약속을 파괴해야 하는 길
두 갈래 길에서 오직 하나를 선택하는 것이
얼마나 큰 슬픔인지

그분의 신부가 되기 전 무너진
주인공의 아픔이 당신의 고충으로 느껴져
사랑하는 연인처럼, 홀어머니의 간청을 접어야 했던
그 마음이 얼마나 큰 바위였을까

이 세상 떠나실 때도 어머니와의 마지막 인사가
가장 큰 아픔이었던 효자 신부님!
피에트라 강가에서 들려오는 울음소리

당신의 연주, 사라지지 않는 당신의 노래로 들려오네요!

찹쌀감주

인터넷은 친절한 나의 스승
감주생각 고파서
컴퓨터 열고
만드는 과정을 배웠다

찹쌀로 꼬두밥 지어
엿기름 붓고
1시간 담가 둔 다음
미지근한 불에 4시간을 삭혔다

불의 강도를 높이고
바글바글 끓이는데
찹쌀 밥알이 동동 뜨고
그 위로 사진에서 본
톤즈의 아이들 얼굴이
하나하나 떠올랐다

김치냉장고에 넣고 식혀서
톤즈의 아이들에게 주고 싶은데
쫄리 신부님의 사랑 맛을 느낄 텐데

정성으로 만든 달콤한 찹쌀감주
생각나는 사람들 그리워
차마 혼자 먹지 못 하네

찹쌀 한 알 한 알 위에 지워지지 않는 톤즈의 얼굴들!

그리운 친구를 보내며

멋스럽게 다정했던
산타모니카의 내 친구
매일 만나 바닷가 걸으며
인생을 노래한 시간들
삶을 미련 없이 벗고
훌쩍 지구별을 떠난
사랑하는 내 친구여!

생의 끝자락은 친구가 최고라는데
그대마저 날 벗고 떠났으니
숨 쉬는 일마저 버거워지네!

그 나라, 저승이 얼마나 좋으면
모두들 달려가는지
내 아들 유빈이 만나고
이태석 신부님 뵈면

소식 좀 전해주럼
하늘에서 땅으로 내려올
라벤다향 그리움을 기다릴게

보라색 초에 불을 켜고
태석 신부님의 영광
아들 유빈의 기쁨
친구의 영혼구원을 위해 무릎을 꿇는다

내 기도의 불길이 춤추며 타오르네

이스탄불 항에서

유럽과 아시아를 이어주는
멋진 도시 이스탄불
흑해와 마르마라 해협위로
그림처럼 걸려있는 보스포러스 대교

아베이레르베이와 오르타쿄 사이
길게 연결된 구름다리
신화 속 사진 같은 이스탄불 항

태석 신부님!
당신 계신 하늘나라와
지구별에도
저렇게 푸른 다리가 놓여져

그곳과 이곳이 서로 오갈 수 있으면
이별도 화려한 여행처럼
기쁘지 않을까요?

유화의 아름다운 그림처럼
이스탄불 항의 보스포러스 다리
야고보의 꿈속에 드리워진
하늘과 땅을 이어주는 사닥다리가 아니어도

당신은 이데아의 다리로 건너 오셔서
톤즈의 아이들에게 꿈과 희망이 현실 되는

파란 별로 환한 빛을 밝히시며 오소서!

당신께 물들어

세상 구원을 위해
죽음을 통해 사망을 이기신 그분처럼

사랑을 완전히 실천하기 위해
투명한 고통을 사신 당신

제 아들의 희생적 봉사와 죽음
신부님의 목숨까지 내놓은 헌신에 매료되어
제 영혼 당신께 전염되어 떠돌고

톤즈의 흑진주 눈망울 안에
당신의 생은 진물까지 자지러져 농익고

당신은 검은 대륙에 자신을 내던져
싹을 틔우려 껍질 벗으며 몸부림치는
밀씨가 되기 위해 가셨나요?

제 영혼도 당신께 물들어
주님 바라기처럼 맴도는 당신의 흰 그림자입니다

만남을 위해 떠나신

예수님의 삶과 십자가상의 죽음이
우리의 구원을 위한 것이었듯
신부님의 삶과 선종은
우리가 어떻게 살아야 한다는
깊은 가르침을 주셨네요

선종이 보고픔을 단절시키고
슬픔은 그리움을 낳아도
죽음이 주는 위대한 업적은
그분의 모습을 대면할 수 있는
유일한 영광의 길인 것을 믿기에
저희들 슬퍼도 슬퍼하지 않으려고

헨리 나웬이
'사별은 사랑하는 사람을 떠나는 것이 아닌
그들과 새로운 형태로 깊이 연결될 것이라고…'
한 말이 사실이네요

태석 신부님!
예수님처럼 당신의 헌신된 삶과 선종이
다른 사람들에게 진리의 롤 모델이 되어
주님을 만나는 아름다운 길이 되셨네요!

―일어나 비추어라 너의 빛이 왔다
　주님의 영광이 네 위에 떠올랐다*

환하고 더 환하게
아름다운 만남을 위해 떠나신 당신

그분의 영광이
신부님 위에 찬란히 빛나고 있습니다

* 이사야 60,1

우주에 남긴 당신 사랑

고향에 가는 마음으로
LA 성령쇄신대회에
강사로 오신 태석 신부님!

케냐에서 런던을 거쳐
미국까지 40여 시간 긴 여행이
'신석기 시대에서 슈퍼 포스트모더니즘'의
세계로 타임머신 타고 오신 분!

그분이 마련하신 사랑잔치에서
들려주신 수단의 산 체험
당신에겐 십자가 길이었고
저희에겐 은혜의 폭포수였네요!

지구의 하늘 안으로
평화스런 당신 음성 들려오고
흰 구름사진틀 안

당신모습 구름송이로 환한 빛
언제나 사랑으로 느껴져 와요!

하늘에서 쏟아지는 당신 사랑
눈송이같이 땅으로 내려와
참 꽃밭을 만들어가네요!

꽃잎들 일어나
박수의 미소가 되고
나비들 경계 없이
지구에 자유를 그리고
당신을 그려요

당신음성 우주에
사랑노래 되어 날고 나는

울지마 톤즈는 스마일 톤즈로

쫄리 신부님!
당신이 아끼고 사랑하는
토마스 타반 이콧과 존 마엔 루벤이
당신이 졸업한 인제대 의대를 졸업하고
의사국가고시에 당당히 합격하여 의사가 되고
신부님의 후배가 되었네요

전문의 과정을 마치면
고향으로 돌아가 신부님이 하셨던 일을
이어 받아 훌륭한 일을 하며
수단의 발전에 큰 기여를 하겠지요

남수단 현지에 국립병원 설립과
이태석 존리 의과대학이 건립되면
토마스와 존 마엔은 의사 교수가 되어
많은 후배를 양성하겠지요
생각만 해도 가슴이 벅차오르네요

쫄리 신부님!
당신의 열정적 의지와 희생은
아프리카 대지에 결실의 열매가 되고

울지마 톤즈는 스마일 톤즈로 꽃이 피네요!

2 부

물처럼 사랑하고 바람같이 떠나가다

el-love.com

TRUE LOVE

아픔은 감사할 수 있는 전제조건이기도 합니다.

울지마 톤즈를 보며

영화 '울지마 톤즈'를
LA CGV에서 보는 순간
심장에 짓눌린 눈물 내장을 찌르고

아들 앞세운 가슴
숨 막힐 흐느낌으로 한 맺힌 경험이
태석 신부님 어머님의 눈물을 감지하며

18세 나이에
내 가슴에 묻힌 아들 이유빈!
그가 떠난 후 고였던 무의식의 호수
둑을 넘쳐흐르듯 목 줄기 타고 올라
눈 코 귀로 구멍구멍 쏟아지고

다시는 볼 수 없는 자식
가슴 도려내는 참척
심장의 한이 터진 눈물

목에 감긴 머플러 풀어
입을 막고 꺼억꺼억 울다가
떠오른 생각 하나 한국에 가서

이태석 신부님의 어머님 찾아뵙고
두 손 꼭 잡고
가슴무덤 열고 마음껏 울어야지

하늘과 땅 바람도 함께 울어 줄 동병상련이 아닌가!

사랑해 당신을

이태석 요한 신부님의 마지막 모습

아버지의 관을 보면서
아이들은 누가 먼저랄 것도 없이
슬프게 흐느끼고

등을 들썩이며 우는 크리스티나
당신의 사랑이 유난했던
브라스 밴드의 막내 브린지
잃어버린 존재에 대한 오열

밤늦게 남아 떠나간 아버지께
인사를 하는 의식으로
'사랑해 당신을' 부르는 브라스 밴드
웃으며 즐겁게 배운 노래가

눈물로 부를 이별 노래가 될 줄이야
벼락 치듯 찾아온 슬픔
예측 못했던 길고도 긴 별리
터지는 심장으로 악기를 부는 아이들

총과 칼을 녹여 그것으로
크라리넷과 트럼펫을 만들면 좋겠다던
음악을 사랑하는 돈보스코 브라스 밴드
스승님 잃은 아픔이
하늘의 별들마저 울던
수단의 먹구름 덮인 하늘

―사랑해 당신을 정말로 사랑해
  당신이 내 곁을 떠나간 뒤에
  얼마나 눈물을 흘렸는지 모른다오

스승을 기리는 노래가 톤즈의 가슴마다
사랑해 당신을 정말로 사랑해
노래는 기도가 되어 하늘 길 밝히고

훌륭하신 음악선생님

쫄리 신부님!
당신은 참으로 훌륭하신 음악선생님

지구별에서 가장 덥고
세상에서 제일 가난한 그곳
남수단의 톤즈 마을
전쟁으로 찢어진 아이들의 상처
음악으로 치유하려
틈틈이 연습하여
총칼대신 아이들 손에
악기를 들게 하신 스승님

아이들의 핏속에
아프리카 특유의 리듬감으로
일, 이주일에 기초를 습득하는
감동을 만들어내는 음악의 천재들

당신은 일찍이 그 누구도
음악을 가르친 적이 없는
평화가 없는 남부 수단에
브라스 밴드의 기적을 창조하여

인격이 훌륭하면 무엇을 연주하든
아름다운 음악이 될 수 있다는
인성교육부터 믿음으로 다져
정부가 놀라고 군대가 놀라고

홀로 베틀에 앉아 올올히 가슴으로 짠 사랑
주민들이 감탄하는 음악그룹 만들어
톤즈 아이들에게 기쁨을 찾아 준 음악선생님

주고 또 주고 영혼까지 준 참 스승님!

밀랍 날개라도

못가는 몸 대신 마음이
수단에 가신 쫄리 신부님!

그날 춘천향 병원에서
말기 암이란 검진 판정을 받고도
파다가 두고 온 우물 파야하고
톤즈의 아이들 보고파 가야한다고
가슴을 태우셨던 당신

저 유명한 조각가가
사물에 생명을 불어넣고
돌까지 일어나 걷게 했다는
다이달로스의 날개가 간절했던 날

만약 내게 그런 달란트가 있다면
날아가서 당신의 어깨에 커다란
밀랍날개 달아 드리고

낮에 날면 태양열에 날개가 녹아
이카로스처럼 추락하고
슬픔마저 사라질 테니
당신은 밤에 날고 바다위로 날아서
톤즈의 아이들 만나서 이별의 포옹을

몸과 영혼이 하나이니 이미 당신은
그곳에 가 계신 것을
밀랍날개가 없더라도

마음의 들판 망고나무 아래서
아이들에게 성체를 영하시며 하나가 되는
아버지의 사랑 하늘가에 무지개로 빛나고

하늘사랑 아이들 가슴에서 꽃피는 사랑

넬라 판타지아

영화 '미션'의 테마곡
'넬라 판타지아'가
뮤직월드 시간을 타고
태석 신부님의 역사가 되어 흐르는데
주인공 가브리엘 신부가
이태석 신부로 겹쳐지고

옆 자리에 있던 마리아자매의 진지한 말
―이태석 신부님은 보통분이 아니에요.
  이기적인 물질문명시대에 본이 되려고
  주님처럼 잠깐 오셨던 하느님의 본체시지요.

그분처럼 당신도 이제
우리의 삶속 깊숙이 어디에든 존재해 있네요

베르디의 '가면무도회'와
슈트라우스의 '박쥐'처럼
이 세상은 서로 속이고 속는
가면무도장 같아서
당신은 참 진리와 사랑을 가장 낮은 곳에서
몸소 실천하며 보여주셨네요

그립고 그리운 태석 신부님!
오늘은 갸브리엘 신부대신
당신의 영혼 안식을 빌며
제가 넬라 판타지아를 불러드리지요
목소리 크게 열어 하늘까지 울려 퍼지도록

계곡의 폭포가 음악을 싣고
신부님의 영과 흰 구름까지 함께
노래 부르는 넬라 판타지아!

하늘이 파란 웃음을 바람결에 보내는 소리 들려요
죽음과 밤은 어두운 것이 아니래요

아순다여

당신 사진 한 장 받아서
뭉텅한 손으로 쓰다듬고 또 쓰다듬고
몇 번이고 입술을 갔다대며
당신과 입맞춤 하는 아순다가 보이시나요?

가슴에 품었던 당신의 사진
눈물로 벽에 붙이고
보이지 않는 눈으로
당신 앞에 서서 거룩한 정성 모아
기도하는 아순다여!

마음으로 여는 기도의 문 열어놓고
쫄리 파더! 아버지를 부르는
그녀의 절절한 기도가 들리지요?

지금처럼 내일도 오늘도
다시는 만날 수 없는 슬픔이
자다가도 벌떡 일어나는 그녀

당신사진 한 장 앞에 놓고
엎드려 눈물기도 바치는 아순다여!

꿈에라도 자주자주 뵙고 싶어
잠을 청하지만 어느새
뭉텅한 두 손 합장하여
당신 사진 앞에 앉은 아순다여!

꿈에라도 만나고픈 쫄리 아버지!
쫄리 신부님은 이미 아순다 안에서
아순다와 함께 기도하고 계신 것을

성령의 눈이 열려 쫄리 아버지를 만나기를!

로다와 아북이

돈보스코 브라스 벤드부에서
천재적인 달란트를 보인 자매
로다와 아북이는 훌륭한
수녀가 되는 것이 꿈이었는데

어느 날 이벤트 공연에서
돈 많은 나이든 남자에게 찍힌
로다와 아북이는 아버지의 거짓으로
수녀가 될 수 있게 삼촌과 의논하자고
속이고 다른 곳으로 데려갔는데

아버지는 소 2백 마리에
두 딸을 나이 많은 남자에게 팔았다

자녀가 부모의 소유물인 그곳의 문화
팔려간 자녀는 소 2백 마리 값으로
소처럼 일을 해야만 되는 운명으로 살아야 하는

남성이 소가 많으면
일부다처제로 살 수 있는 문화가
여성들은 참으로 싫고 싫은데

쫄리 신부님은 배움이 힘이라 생각하고
학교부터 손수 건축하셨다

수녀가 되는 것이 꿈이었던 자매는
희망이 무너지고
한 남자의 두 아내가 되어
이상한 나라의 문화피해를 받고
견디고 견디며 살아가야 하는

영적 아버지로서 겪어야 한 쫄리 신부님의 안타까움!

톤즈에 내리는 사랑의 비

검은 들판 톤즈에
길 잃은 밤비가 내리고

아빠 잃은 고아들
아이들의 가슴이
애곡하는 눈물

성령의 빛으로 씻긴
하얀 눈물방울 안으로
당신의 걱정이 비로 내리고

그 빗속에 사랑의 보라 빛
라벤더 향기가
어둠 속에 퍼지네

당신이 밀알 되어
목숨으로 키워온
진리의 사랑 향기가 되어
온 누리에 내리는

검은 들판 톤즈에
성령의 단비가 하얗게
강복의 은가루로 내리네

빗길이라도 좋을 꽃 한 다발 들고
슬픔이라도 좋을 아이들 만나러

사랑의 비 내리는 톤즈의 들판으로 달리네!

발렌타인 콘서트장에서

발렌타인 콘서트에
누갈다 자매와 초대를 받았다
지휘자 이름이 호명되는 순간
내 귀에 지휘자 이태석으로 들렸다

로시니의 윌리암 텔 서곡을 들으며
파격적 선교의 삶을 헌신적으로 사신
쫄리 신부님이
지휘자의 모습으로 오버랩 되는 순간

돈보스코 브라스 밴드가
오케스트라 자리에
황홀한 미소로 앉아
영혼을 촉촉이 적셔주는
환상적 명연주를 하는데

태석 신부님이 지휘봉을 들고
브라스 밴드가 화려한 단복을 차려입고
혼연 일치되어
당신이 중학교 시절 작곡하신
'묵상'과 '천사의 양식' 클래식 성가를
사랑하는 사람을 기리며
그분께 바치는데

발렌타인 콘서트 장에서 내 영혼
쫄리 지휘자와 브라스 오케스트라의 연주를
슬픈 아름다움으로 감상하는데

하늘숨결 푸른 음률이
내 가슴을 적시고
환상에서 깨어난 기쁨의 순간을
어둡게 색칠된 슬픔이 밀물처럼

내 가슴에 발렌타인 꽃물결로 덮쳤다

그분의 분신이신 당신

죽어서 부활하신 주님은
여러 제자들에게 나타나시어
그분의 미션을 감당하시듯

한 몸이 이 세상을 떠나
영혼이 감동으로 살아서
수많은 사람들 가슴에 심겨져

구원의 꽃을 피우며
그리스도의 사랑을
시와 찬미로 노래 부르게 하시는

당신은 자기의 삶은 부재이고
죽음 앞에서도 톤즈의 우물과 아이들을
걱정하는 가슴으로

하늘에 올라 큰 별이 되신 당신

불기둥 구름기둥 물기둥으로
별빛 길을 성령의 메신저로
당신 자녀들을 영적으로 돌보시는

인류의 역사에 길이 되실
별들이 사라질 때까지 잊혀 지지 않을
그분의 사명을 받아 실천한 당신

인카네이션* 하신 분이 아니신가요?

* incarnation 성육신(成肉身)

진정한 롤 모델

말씀 중에
―가장 보잘 것 없는 이에게 하는 것이
 바로 나에게 하는 것이다.
이 구절을 마치 분신처럼 안고
그분의 말씀을 온 몸으로
수행하신 당신

때로는 지붕위에 올라 태양열 집 열기를 다시고
학교를 건축하시어 아이들을 가르치며
형제자매들 망고나무 아래 종소리로 모아서
그들의 영혼구원과 평화의 기도를 올리시고

병원을 짓고 환자들 돌보시며
걷기도 힘든 한센 환자들 위해
마을 마을로 진료까지 나가시는
버릴 것이 없는 위대하신 당신

매일 미사집전을 이행하시며
아이들에게 아버지로서 상담까지 맡아주시고
브라스 밴드 35명에게
온갖 악기를 혼자서 다 가르치신

당신은 진정 누구신가요?

늦은 밤엔 기숙사에 들려
아이들의 개인교사로서 영어와 수학을 가르치신
참으로 사랑 많은 당신

당신은 이 시대 저희에게
참 가르침을 주실 스승이시네요
국가나 개인이 한결같이
이기적인 험하고 악한 세상에 꽃 한 송이로
악을 이겨낸 참 영웅이신 당신

우리들의 진정한 롤 모델인 당신은
참꽃 한 송이 신가요?

플라타너스의 희생

행콕 파크 길가에
앞으로 쓰러진 한그루 나무
동굴처럼 깊게 파여진
속을 들여다본다

사람처럼 쓰러져 있는
플라타너스 둥지 속에
암세포로 죽은 살점을
온갖 종류의 벌레들이
신나게 파먹고 있다

자신의 몸은 없고
톤즈만을 위해
전부를 내어 준 당신

플라타너스가
다른 생명에게 내어 준 목숨같이
헐벗고 가난한 수단의 그들에게
신부님의 희생이 배가된 그 사랑

당신의 몸 갈아가며
진리를 사랑으로 섬기신 당신

플라타너스처럼!
쫄리 신부님처럼!

가난 한 영혼 앞에 한 그루 플라타너스의
희생이 되게 하소서

당신은 모든 것 내주는 진정한 나무!

평화를 빕니다

그분의 크신 사랑 안에서
수단의 가난한 이웃 위해
한국에서 모은 귀한 정성
컨테이너 세 대가
케냐의 몸바사 항구에 도착한 후
톤즈까지 다시 3천 킬로미터의 육로

오랫동안의 무소식은 속을 끓게 하고
강을 건너 길이 없는 숲을 지날 때
덮치는 강도들의 위험
간장이 타도록 기도하며
그래도 잠 못 이루고 걱정하는 당신

컨테이너가 수도원까지 도착하자
뜨거운 감사가 소리 지르기도 아까웠던
당신의 그 벅찬 기쁨
마치 부활하신 예수님이 직접
트럭을 무사히 운전하여 오시듯
부활의 아침에 받은 큰 선물

'평화가 너희와 함께'
강복해 주시는 그분의 목소리
하늘에서 울려 퍼지고

심성이 선량하신 당신
고아들의 원장처럼 톤즈을 위해
후원금까지 직접 모금해야 하는
일인 수십 인의 역할
한없이 고달팠던 척박한 땅 검은 대륙
그곳에서 살신성인 하신 당신

그분 품에서 꽃길의 평화가 늘 당신과 함께 하시길
평화를 빕니다

죽음은 천국의 관문

완전한 천국은
우리가 이 땅을 떠나야 갈수 있는
죽음은 귀한 관문이 아닙니까?

어떤 사람은 말합니다
이태석 신부님을 이 땅에 오래
남겨 주셨으면 더 큰 일을 하셨을 것을

또 어떤 사람은 이렇게 말하지요
신부님이 너무 고생을 하셔서
특별히 사랑하는 자녀를 그분 곁에 두시려고
빨리 데려 가신거지요.
참으로 그럴까요?

전지전능 하신 그분이 왜요?
너무나도 귀한 보석을 아름다운 꽃을
그분이 곁에 두고 싶어서
진정 가까이 두고파서 다칠세라 아까워서
일찍 데려가셨을까요?

지구별을 떠나면서부터
더 크고 많은 일을 하시는
참으로 특별하신 당신

천국은 완전 죽음을 통과해야 갈수 있는
오직 외길이 맞는지요?

그길 밖에 길이 없고
그림으로도 볼 수 없는 길
죽음만이 천국으로 갈수 있는
거룩하고 특별한 관문인 죽음을

모든 사람은 왜 두렵고 무서워할까요?

아마도

베르디가 80세가 지나서 쓴
마지막 오페라 '팔스타프'
시바타 도요가 99세 때
출간한 긍정의 시집 『약해지지마』

황혼에도 열정적인 일을 하는
사람들 보면
당신이 자꾸만 생각나네요

당신께서는
짧게 사시는 동안
음악과 건축, 의사와 교육자로
그리고 성직자로서

사랑의 아버지가 되어
남들이 480년을 해도 못다 할
대단한 일을 하셨지요!

안타까운 아쉬움 하나 있다면
당신이 30, 40년 더 사셨으면
장미 한 송이로 이 땅의 악을 이기고
평화의 깃발이 펄럭이게 하겠지요?

자유의 꽃송이
사랑의 불꽃 바람으로

아프리카대륙에
사랑의 힘이
당신의 능력이

아마도 푸른 오아시스 물결로 변화 되겠지요?

우리의 욕심 때문에

우리가 만드는 여러 가지 공해로
나이가 많은 지구별은 몸살을 앓고

허공보다 높은 우리의 욕심은
더 좋은 것 더 많은 것을
소유하기 위해 나무를 무자비로 베고
산을 갈아 없애며 대기오염으로
지구는 안팎으로 뜨거워 아우성이고

북극에서는 매년 이산화탄소의 증가와
지구의 온난화 문제로
카라바시 공화국에는 두 개의 섬이 물에 잠겼으며
중국에는 매년 큰 면적의 땅이 사막화되어 가고

내 한 사람이 사용하는 에너지가
끝없이 만들어 내는 쓰레기와 매연으로
가뭄 폭설 쓰나미 지진 홍수가 잇따라 발생하여
지구가 병들고 그중 열악한 환경의 많은
이들이 죽어가고 있음은 너무나 가슴 아픈 일인데

당신이 그토록 아끼시는 수단을 위해
우리의 이웃과 후손을 생각해서

이 순간부터 지구를 사랑하며 아껴야 한다는 마음이
이재현 씨의 『아프리카의 하늘은 아직도 슬프다』를
읽으며
가슴엔 뜨거운 물결이 폭풍우처럼 일고

우리들 삶의 언저리는 항상 높낮음의 바람이 일고
욕심이 불어나도 당신처럼 완전히 내려놓지 못하는
저희는 자연의 소리에 그분의 말씀에 순명하고 겸허
해지려 애쓰며
당신의 마지막 말씀처럼 '정말 모든 것이 잘 될 것
입니다'

누가 욕심을 잘라내는 기계를 발명 할 수 없을까요?

기도를 바치며

우위에 있는 쪽이 더 욕심이 많은 건
동서고금을 막론하고
공통점이 있지요

북수단 정부가 남수단을 괴롭히는 것은
어쩌면 우리나라와 비슷한 것을
같은 민족끼리 서로 믿을 수 없음이
얼마나 불행한 일인지 정말 안타깝네요

남수단의 기름과
기독교를 이슬람화로
강탈하겠다는 그들을
어찌하면 좋을까요?

물질과 종교가
다툼과 갈등의 근본원인이 되는
욕심을 자라지 못하게
조각하듯 깎아 낼 수 있는
그분의 크신 도움이
절대적으로 필요한 시대

당신이 그곳에 뿌려놓은
고귀한 헌신의 씨앗 어서 자라서
남북이 찬란한 사랑의 불꽃을 일으켜
가슴과 가슴으로 포용하며
서로 나누고 사랑하는 참 실천의

아름다운 관계가 열리길 땀 흘리는
농부의 마음으로 기도 송이 피워내는

구름꽃송이 들풀꽃송이 꽃길이 건축되기를

사제서품 미사에

로마에서 사제서품을 위한 미사 드릴 때
십자가상 아래 배를 바닥에 깔고
이마를 두 손 위에 놓고
그분의 신부로 살겠노라
몸과 영혼으로 서약을 하시던 모습이
사제서품 받는 새 신부님들과 당신이
자꾸만 오버랩 되어 다가왔습니다

오늘 LA 주교성당에서 3시간에 걸쳐
사제서품 미사가 있었고
수많은 신부님 주교님 추기경님의
엄숙하고 거룩한 축복 가운데 여섯 분의
주님의 새로운 신부가 탄생 했습니다

절차에 따라 사제서품 의식이 끝나고
새 사제들은 제대 위에서 나란히
무릎을 꿇은 주교님들의 머리 위에 두 손을 얹고
첫 강복을 빌며 십자 성호를 긋는 모습이
형제간의 평등과 참 평화는 아름다운 꽃이었고

수많은 갈등과 선택의 비구름을 지나고
힘든 과정을 거쳐서 온 몸과 마음을 다해

가난한 이웃을 내 몸처럼 아낌없이 섬기신
당신이 참으로 자랑스럽고 자랑스러워
영원히 존경스럽다는 생각이 들었지요

사제서품 미사를 바치는 내내 남보다
척박한 환경에서 진리를 실천하신 당신이
감사하고 또 감사해서 속으로 감사를 외쳤지요

가슴이 준비 한 장미꽃송이 겸허하게
당신께 올려드렸습니다

신부님처럼

태석 신부님!
만약 당신의 친한 친구들이
아들 딸 손자 자랑을
질투 나도록 한다면
신부님 마음은 어떨까 생각해 봅니다
넓은 신부님의 가슴엔
여전히 평화의 깃발이 펄럭일 것을

신앙이 새순 같은 저는 힘이 듭니다
교만이 이마 위에 붙어
자식 손자들 자랑 노래를 부르는
저들을 위해 한쪽 가슴은 축하 해주고
제 아들이 묻힌 다른 한쪽 가슴엔
바늘이 자라듯 통증이 커지는 것을

파울로 코엘료가 『순례자』 길에서
'싼티아고 데 꼼뽀스텔라'로 가는 도중
잔인성 훈련 중
엄지손톱의 뿌리에 검지손톱을 대고
강렬한 고통이 느껴지도록 세게 누른 것처럼

제 엄지손톱의 뿌리에 날카로운 검지손톱으로
질투가 죽도록 멍들게 누르고
제 마음의 쓰레기 몰아내지만
당신처럼 제 마음은
진정한 내려놓음이 자라지 않네요

제 마음의 틈새로 외로움이 새어들지 못하게
검은 대륙 오지에 내 몸 던져
헐벗은 아이들 모두 내 품에 안고
별이 쏟아지는 들판에서

'사랑해 당신을' 부르며
신부님처럼 그렇게 살 순 없을까요?

에페소 대형극장을 보며

화려한 도시 에페소 시대부터
오늘 날에 이르기까지
잘 보존된 대형극장

명작 중의 하나인 예술적 건축이
나를 체면 속으로 몰입시켜
오케스트라가 연주 될 때
우상숭배자들의 분쟁으로

성 바오로는 극장 뒤
높은 언덕 위 감옥에 갇히고
종내 에페소에서 추방되는 고난의 전개
순간 내 눈에서 핑 도는
파묵칼레의 뜨거운 온천

쫄리 신부님!
돈보스코 브라스 밴드와 신부님의 지휘가
화려한 에페소 대형극장에서
눈부신 콘서트가 열리는 상상을 합니다

성 바오로는 맨 앞줄에서
그분의 영광을 위해
힘찬 박수 올려드리고

왕이신 그분께서
새 하늘과 새 땅을 세우시면
그날 돈보스코 브라스 오케스트라와 당신이
새로운 천지창조를 연주하는

천지의 새날을 위한 팡파르가
온 우주에 높이 울려 퍼지고

저희들은 기쁨의 환호를 온 누리에 외치게 되겠지요?

흑진주 향기

톤즈의 눈물
검은 대륙에 떨어져
흑진주 꽃으로 피네

달콤한 그 향기
스스로 갈 곳 찾아
바람타고 하늘가네
쫄리 신부님 곁으로

아, 떠나도 함께하는
아름다운 사랑의 힘이여!
무지개빛 신앙의 신비여!

변하지 않는 흑진주 향기여!

피카소의 그림 '독서'를 감상하며

오늘 런던 경매에서
피카소의 그림 '독서'(La Lecture)가
4,070만 달러에 낙찰 되었네요

화가자신이 연인 마리 테레즈 월터의
청순함을 형상화한 작품이지만

제 눈엔 대지의 여신 가이아가
배고픈 아이에게 젖을 주려고
가슴 내놓고 기다리는 형상이므로

수단의 못 배운 가엾은 아이들
이곳저곳에서 배고파 쓰러지는 그들이
눈에 밟혀 기도 하는 모습이네요

그림을 구매했으나
자기 탓 아니라고 부정하나 그래도
그분이 창조한 양심 부끄러워
차마 이름을 밝히지 못한 구매자

그림 속의 '독서'하는 인자한 여인
자기몸값 거금으로 팔려도
빈 젖무덤 밖에 줄 것 없는 가난한 모성
가슴 아파 차라리 눈을 감고

쫄리 신부님!
고가로 매매된 그림 값은
어느 귀인의 후한 기부금이 되어
수단으로 가는 길이 열리기를 빌며

천사들의 구름다리가 수단으로 연결되기를

사람이 사람에게 꽃이 된

자신의 인생이 소 값에 팔려가는
남수단의 여인들 위해
묵주기도 수없이 바친 당신

그분의 예정된 신비의 깃발
자유의 물결 아프리카로 흐르고

당신이 수단을 내려다보시며
쉬지 않고 기도로 응원 하시는 모습

아프리카를 위해
더 큰 일을 하시기 위해
일찍 먼 길 떠나신 당신
지원 군대 동원하여
사람이 사람에게 꽃이 되게 하시고

멀리, 이 땅을 떠나서 수단을
더 걱정하시는 당신

이젠 소 값에 팔려가지 않고
학교를 다니며 공부할 수 있고
무기가 악기가 되어 나팔 부는
톤즈의 젊은이들
신부님처럼 의사가 된 존과 토마스

가슴에 자유 꽃 달고
슬픔과 아픔 없이
당당하고 멋지게 살기를
춤과 음악과 영혼의 박수로
하늘에서 응원하시는 당신

수단의 아버지 쫄리 신부님!
사랑에너지 꽃이 되어 온 우주를 물같이 덮는

3 부

별 그늘 향내로 그리운

el-love.com

TRUE LOVE

가진게 없어도 늘 감사기도를 하면서
즐겁게 사니 행복한 사람들입니다.

별과 흑진주

톡하고 터질 것 같은
꽃망울처럼 맑고 반짝이는
아이들의 눈 못 보서서 어쩌죠?

그분의 형상이
깊게 담겨진 빛나는 눈망울들
볼 수 없어서 어떻게 견디시는지!

흑진주들에게
밤마다 푸른 하늘 올려다보라고
별이 되신 너희들의 아빠

당신이 내려다보실 때
흑진주 눈빛들
고개를 뒤로 꺾는 인사

레저의 눈빛들
절정으로 속삭이는
빛과 빛의 어우러지는 순간

낮엔 영혼으로
밤엔 빛나는 눈망울로

신앙 속에
빛으로 연결 된 기쁨
사랑의 꽃이 피어나는 고요

그리움이 톡 터질 것 같은
별과 흑진주의 언어
내일을 약속하는 은밀한 신비

밤은 당신이 그리워 깨어있지요

오렌지 피정집에서

뭉크의 그림 '절규'처럼
신부님 어머니의 절규는
침묵 속에 외치는 함성
"하느님 감사합니다."
고통 눈물 슬픔까지
감사로 돌리려고 그저 감사지요

자식 묻힌 가슴은
눈물로 드릴 수 있는 절규의 기도
성모님이 도우신 피정집의 첫날 밤

황금 망토가 번쩍번쩍 왕관이 성스러운
주님과 성모님의 공중부양 아래
샛노란 쉬폰 드레스 휘날리며 오르는
내 손을 당신 품으로 거두시며
성모님이 하신 말없는 그 말씀
"내가 안다"
오, 신앙의 신비여!

태석 신부님!
동병상련이신 성모님의
아낌없는 사랑으로
어머니의 응어리 진 가슴이
기쁨으로 융해되길

신부님 어머니를 위해
묵주기도 3백단 올려드립니다

오렌지 피정 집 언덕
황홀한 노을이 그려진 그분의 작품 속에
당신 어머니의 모습이
뭉크의 절규를 지우고

침묵으로 환하게 천사의 옷을 입어셨네요

불자들의 본이 되신

이 땅에 아름다운 꽃으로
다시 태어나신 부활의 꽃 당신

음악을 들으며
밤 운전 할 때
느닷없이 불교방송이 나오더니
뉴스가 시작되고
─천주교 사제 이태석 신부님이 아프리카
　대륙에서 살신성인 되신 아름다운 이야기는…

저는 차를 도로변에 세우고
작은 스피커에서 흘러나오는
당신의 사연 잡으려 귀를 세우고

─우리 불자들도 이태석 사제처럼
　완전히 자기를 비우고
　남을 위해 봉사하는 아름다운 자비를…

살아서 아낌없이 사랑을 베푸신 헌신
선종 후 그 사랑 향기로 퍼져
어디에서나 교훈의 열매가 되고
참 본이 되어 사랑의 꽃으로 피어나네요

만인의 롤 모델로 오신
존경하는 우리들의 태석 신부님!

한 알의 밀알이 썩어
천천만만 하늘 덮는 숲을 이룬 당신

숲의 향기 사랑의 향기 당신 향기입니다

니오베의 눈물

아직도 눈물 흘리는 돌이 된 왕비
니오베의 돌을 아시나요?
자식 잃은 어미 마음은
신이나 인간이나 마찬가지겠지요

자녀 앞세워 보낸 죄 때문에
들어내고 싶지 않는 어미는
돌이 되어 폭풍우 속에서도 울고 있지요

인간인 것이 부끄러워 차라리
돌이 되어 내내 울 수 있는
니오베의 돌이 부러운 저는
가슴에 묻은 아들로 인해
아직도 남몰래 울지요

당신의 어머님은 세상을 향해
감사인사 드려도
심장 속에 묻은 자식
가슴에이는 지워지지 않을 슬픔
니오베의 돌처럼 눈물이 마르지 못 하고

홀로 수도꼭지 틀어놓고 흑흑
변기 물 내리고 꺼억꺼억
온갖 소음에 울음 감추시며
니오베의 돌처럼 눈물을 흘리겠지요

전지전능 하신 그분께서
당신 어머님의 눈물과
제 눈물과 니오베의 눈물까지
거둬 주시길
성모님의 도움을 간구 합니다

하느님도 때로는 우리를 위해서 울지요

백장미 향기를

목욕하고 난 아기처럼
상쾌한 미소 가득한
푸른 하늘에 흐르는 구름

4월은 잔인함이 끝난
성스러운 부활의 계절
묵상기도가 걸어 다니는
행콕 파크 집집마다
흐드러진 백장미의 하얀 웃음

백장미 향기에 우리들의 사랑을
관상기도와 화살기도에 담아
당신 계신 곳으로 올려드립니다

사랑과 평화의 기도가
프린트되어 담긴 흰 꽃잎들
저 높은 곳으로
하늘 가득 나르는 하얀 봄

당신의 형상 푸른 햇살 속에
아름다운 무늬로 퍼지는
생명의 꽃향기
당신이 수단에 심은 사랑의 꽃향기

하늘과 온 누리에
눈처럼 춤추며 내리는
당신의 참 삶이 녹아든
진리와 사랑을 외치다 가신

백장미 꽃잎 우주의 향기가 당신입니다

우리들의 신부님

이승과 저승을
아우르는 우리들의 요한 신부님!

생리학적으로 더는 볼 수 없고
신부님의 목소리 들을 수 없어
저희들과 톤즈의 가슴이 웁니다

당신 생명의 씨앗으로
심은 진리의 사랑
이 땅의 곳곳에서
찬란히 꽃피고 있네요

요한 신부님!
당신 계신 하늘나라에도
아프리카 수단처럼
불쌍한 영혼이 있는지요?

그곳에서도
그분의 천군천사가 되어
쉬지 않고 바쁘실
우리들의 요한 신부님!

신부님이 아프면
그분이 슬프지요
즐겁고 신나는 일을 만들어

하느님을 웃겨드렸으면 기뻐하지 않을까요?

톤즈의 기적

비누거품 일어나듯
음악열정이 뜨거운
생에 처음 악기를 잡은
돈보스코 브라스 밴드그룹

그들이 단 4일 만에
합주를 하게 된
믿기 어렵고 어려운
톤즈의 기적!
아프리카의 기적!

그분께서 노래와 춤으로
찬미 받으시길 기뻐하시나니

당신의 영혼으로
싹 틔어진 아름답고 아름다운
예술의 가락 높이 펴져서

그분께는 영광의 잔이 춤추는
수단은 평화와 기쁨의 웃음이
나팔과 노래의 하모니로

온 누리에 은총이 넘실대는
신부님이 심고 가꾸신
수단 톤즈의 기적!

하느님이 기쁨으로 춤추시는 기적!

아름답게 핀 꽃

토요일 아침
미사를 드리고
서둘러 차를 몹니다

로컬 길이 훔치는 아까운 시간
혹여 필요하면
내 손길 주고파 달리지만
언제나 늦게 도착하는 부끄러움

화창한 봄날
무엇과도 바꿀 수 없는 황금주말
사랑하는 가족과 친구 모두 뒤로하고
아침부터 둘러앉아 일하는 봉사자들
수단에 피어난 꽃처럼
찬미 드리는 아름다운 모습

아프리카로 직접 가서 돕지 못하는
젊은 형제자매들
당신의 본을 실천 하는
그들의 뜨거운 열정
후원센터에 피어나는 사랑 꽃

가난하고 낮은 이웃위해
아낌없이 헌신하는 김효근 신부님!
수많은 자원봉사자들
존경스럽고 자랑스러운
그분의 선택된 일꾼들

이 땅의 이곳저곳에
구원의 꽃 열정으로 피어나고
그분께 영광 올려드리는
뜨거운 헌신의 손길들
아름답게 피어나는 봉사의 꽃

그 향기 우주에 평화로 물들어가네요

믿음의 기도

캐나다 록키 마운틴
설상차로 올라간 푸른 빙원
우주가 세탁된
태초의 청정한 공기를 호흡하며

아프리카 킬리만자로의 만년설
우리가 만드는 온난화로
불꽃같은 뜨거운 열기
살갗을 태우는 뜨거운 땅
수단을 생각하는 가슴이 슬프다

바다 같은 빅토리아 폭포도 없고
킬리만자로 같은 만년설도 없는
주변 국가처럼 사파리 할 수 있는
조건조차 갖지 못한 남 수단

록키 산 빙원에서 흘러내린
루이스 호수의 유리알 물처럼
눈부신 옥빛 물결 넘치는 물줄기

매 순간 쉬지 않고 녹아내리는
킬리만자로의 만년설도
에메랄드빛 맑은 은하수로 흘러서

당신이 사랑하는
남 수단의 가족들에게
굵은 젖줄이 되기를

믿음으로 바치는
염원의 기도
톤즈가 배고프지 않고
톤즈가 아프지 않게 하소서

전지전능하신 하느님 그 능력 지체 말고 행하소서!

동굴 속 벽화 전시장

프랑스 남부에 있는
꿈을 잃어버린 깊은 동굴
지구별의 창자 속으로 들어간 기분

동굴 벽에 그려진 3만 년 된 벽화들
동굴 속 박물관이 한 눈에 들어오는
흑백의 고고한 선과 여백

그 넓은 벽 전체로
동굴사자 말 소 양 여인이
어제 그린 그림처럼 신선한 느낌을 주는
살아 움직이는 형상

문득
이태석 신부님 생각이
뇌와 가슴에 돋아나서
만약, 3만 년 전
신부님이 넓은 동굴을 만난다면
그곳은 어떻게 변화될까?

가장 버림받은 자들의
거처로 꾸며지고 동굴 벽은
온갖 성화와 십자가가 그려지지 않을까

따뜻한 평화의 모후상이 세워지고
주님의 기도와 성모송을 바치는
상아피리 소리와 성가로 우렁차서
은혜의 동굴박물관은 당신이 멋지게
꾸미고 꾸민 그분의 처소가 되겠지요?

모든 사물은 소리 높여 그분을 찬양하겠지요!

페루 나스카의 지상그림처럼

신이 인간의 손을 빌려
그렸다는 온갖 그림들

천사가 내려와 그렸다는
페루 나스카의 지상그림은
절대로 걸어서는 볼 수 없고
경비행기를 타고 돌면서
내려다보아야 하는 멀미나는 관람

사막 한 가운데
곡선과 직선의 만남이 연결된
온갖 형상의 지상그림

쫄리 신부님!
당신이 나스카를 만나면
먼저 우물을 파고
다음은 학교를 건축해서
아이들을 가르치고
병원과 성당을 짓겠지요?

이 세상은 다른 색깔로 만나
이렇게 아름답고
당신 계신 그 나라는 말로 표현할 수 없는
찬란한 빛으로 그려졌기에
묵상으로 감상할 수밖에 없는

당신이 계신 그 나라와
저희가 사는 이 나라가
생명과 평화가 공존하는
아름다운 나스카의 지상그림처럼

하늘과 땅의 영혼이 합일 하는 꿈을 그려요

프랑스 수도원 기행에서

먼 지구의 끝자락 같은
남부 프랑스 계곡과 산허리를 돌아
알프스 산자락을 누비며
로마네스크와 고딕으로 지어진
여러 수도원과 성당을 접하니

이태석 요한 신부님!
당신 생각이 제 영혼에 돋아나네요

예수님은 동산이나 들판에서 기도하시며
새들과 여우도 집이 있으나
그분께서는 몸 둘 곳도 없다시며
말씀은 광야나 산언덕에서 전파하셨고

헐벗고 가난한 민중의 고통과
수사님들의 손으로 쌓아 올린
바벨탑 같은 웅장한 건물들은
프랑스의 대혁명으로
대부분의 공동체가 해체되고

남은 건축은 석조로 지어진
두꺼운 벽과 기둥들

천년이 지난 지금도
무겁도록 경건하게 남아 침묵으로
기도 바치는 모양의 돌 돌 돌!

이태석 요한 신부님!
그분은 분명 대단한 로마네스크식 수도원이나
하늘을 찌를 듯 높고 높은
고딕스타일의 성전을 원했을까요?

그분은 위대한 건축보다
신부님이 망고나무 아래서 기도모임을 가지듯
당신의 자녀들이 굶주리지 않고
항상 기도와 감사로 기쁘게 살기를
진실로 바라시는 분이지요

존경하는 신부님!
세상과는 완전히 단절하고
개인의 사생활은 무덤 속에 장사지내고
봉쇄수도원에서 죄수 아닌 죄인처럼 오직 외길을

하늘의 그분께는 영광이
땅에 사는 저희들 위해서는 평화를
밤낮으로 바치는 수사님들의 정성

땀방울이 핏방울이 되도록 드리는
기도가 귀하고 감사하지만

저희는 신부님이 몸소 보여주신
가난한 민중에 대한 사랑이
더 값지고 귀해서 오늘도 내일도

저희들 가슴에 빛이신
신부님의 손발이 되어
아프리카를 위해 햇살 눈부신 별이 되신
당신께 감사드리며

그리운 쫄리 신부님!
별과 달을 보며 신부님을 보고파하는
톤즈 아이들의 간절한 마음

저희에겐 먼 그리움을 주신
신부님의 삶이 값지고 빛나서
마치 그분께서 오서서
본이 되어주시고 가셨다는 느낌이네요

하늘을 보면 구름액자 속에 미소 짓는 당신이 보여요

그분 뜻에

그분의 발판에
온 몸과 영혼으로
사랑가득 심어
수단을 밝고 건강하게 키우시고

그분의 옥좌에 드시어도
두고 가신 그 들판 기억하시며
묵언으로 기도의 불태우시는

그분의 뜻에 어긋나지 않게
발판과 옥좌를 지키시며
사랑의 성소를 몸 갈아 지켜내신
참 사랑을 실천하신 당신

저희 믿음도 당신을 닮아
그분 뜻에 어긋나지 않는
삶이되기를 간절히 바라며

제 몸과 영혼이 기도가 되게 하소서

메테오라 수도원에서

그리스 땅인 사로니코스 만과
연결된 코린토 운하를 지나
성 바오로의 제 2차 전교 여행지

겐그레아를 거처
버스는 키 큰 활엽수 숲을 지나
핀토 산자락을 종일 누비고 누벼
험준한 계곡의 끝자락에 멈추었다

메테오라의 건축물이 공중에 떠있는
성 바르바라 수도원은 절벽 끝에
보기에도 멀미나는 높은 지대 위에
성스럽게 은밀히 앉아 있고
수사님의 평화스런 모습은
움직이는 연푸른 자연 같아
바라만 봐도 은혜 충만한 길

많은 제자를 키워
땅 끝까지 땅 끝까지

그분의 사랑과 진리를 실천하기엔
당신의 교육방법이
최상의 지혜와 사랑인 것을
절로 깨닫게 되는 순례의 길

어디에 가든 늘 함께 하시는 당신
가슴으로 영혼으로 앎을 주시는
참 좋으신 태석 신부님!

메테오라 수도원에서 제 욕망을 절벽 끝으로 밀어내고

이태석 신부님 어머님께

안부를 드리기조차 민망스러운
슬픔이란 걸 너무나 잘 알지요
어쩌면 아들 신부님을 아직도
가슴에 묻지 못하고
믿을 수 없는 사실에
외면하고 싶은 심중을 이해하지요

저도 18세 된 아들을
서울대학에 연수 보냈다가
그곳 기숙사에서 감전사로
아들을 잃은 어미입니다

제 아들 이유빈은 어릴 때부터
신부님처럼 가난하고 불쌍한
사람들 교회 일을 돕는 일에 유난했지요

학교에 다니면서
아르바이트 하며 모은 정성을
거리의 노숙자들에게 매년
컵라면과 담요를 선물하는 착한 아들을
그분은 왜 일찍 데려 갔을까요?

저는 자식을 보내지 못하고
오랜 세월 미로의 까따꼼베 속을

방황하는 고통 중에
"내가 안다 나도 같은 경험을 했단다."

기도 속에 들려오는
자애로운 성모님의 음성 듣고
아들을 그분께 맡겼는데
27년이 된 지금도 제 심장에서 숨을 쉬는
이젠 기도 안에서 편하게 만나지요

태석 신부 어머님!
아드님이 보고 싶어도 볼 수 없고
손 한번 잡아 볼 수 없어
마음이 찢어질 때
그때마다
같은 경험을 하신 동병상련의 성모님이
어머님을 품어 다독여 주지요

이태석 신부 어머님께
티 없으신 성모성심의 도움으로
자애와 평화가 늘 함께 하시길
기도 안에서 어머님의 손을 잡아봅니다

하느님! 어머님의 가슴에 성령의 이불을 덮어주세요

성모성심을

어떤 말로나 어떤 이벤트도
당신께 위안이 안 됨을 잘 알지만

장한 일을 하신 참으로 자랑스러운
당신의 아들 이태석 요한 신부님은
크신 상으로 하늘 도성에서

칠색 보석 집 짓고
이 땅에서 못다 이룬
어머님과의 상봉을
기다리고 계실 것을 믿으며

누구나 쉽게 할 수 없는
참으로 큰일을 하신 아들 신부님을 키우신
장하시고 훌륭하신 어머님!

이 땅에서 그분의 사명 모두 마치시고
본향으로 가실 때까지
태석 신부님의 어머님께서는
언제나 즐겁고 기쁜 일만 있으시길
참척의 아픔을 이해하실
자애로우신 성모님께 도움을 청합니다

아름다운 장미다발 향기
치유가 되길
은밀한 바람결에 실어
태석 신부님의 어머님께 보내며

성모님의 평화가 어머님의 가슴에 평화로 겹치길

아름다운 향기

만찬의 신비가 예수님의 몸이시고
십자가의 신비가 예수님의 피 이시니
2000년이 지난 오늘도
주님의 향기가
불꽃 사랑으로 번지고

100년이 지난 지금까지
의사이신 슈바이처의 향기가
지워지지 않듯

당신의 향기도
무지개가 구름 꽃으로
하늘에서 자라고
파도가 만드는 물방울은
지구의 꽃으로 퍼져
땅과 바다를 덮듯

당신의 향기
가슴에서 사라지지 않을
은밀히 빛나는 영혼
저희들 가슴에 피어나

푸른 별꽃으로
아름다운 사랑 꽃향기인 것을
그리움의 향기인 것을

당신은 아름다움을 선물하는 향기입니다

시인이신 태석 신부님

한국에서 볼 수 없는
아름다운 것 두 가지
금방 쏟아져 내릴 것 같은
무수히 빛나는 아프리카의 푸른 별 하늘
당신의 가슴을 요동치게 하고

다른 하나는
터질 것처럼 투명하고 순수한
톤즈 아이들의 빛을 발하는
흑진주 같은 검은 눈망울들

너무 크고 아름다워 슬퍼지기도 한
아이들의 눈을 통해
그분의 작품인 눈 속 깊이에서
그분의 존재를 느끼신 당신!

별을 보며 가슴이 뛰고
아이들의 눈에서 은밀하신
그분을 만나는

온몸이 밀씨가 되어도
아프리카를 통해 시가 탄생하는
시인이신 태석 신부님

당신은 시인 중에 진정 한 사랑과 평화의 시인!

평화의 종소리

멀리 검은 대륙에서
평화의 종소리
새하얗게 천지에 퍼지고

쫄리 신부님!
당신이 그토록 바라던
남 수단, 신생독립국이 되어
푸른 자유를 찾았고
유엔에 193번째 회원국으로
가입된 것

수단의 아이들
맨발로
천국으로 달려가서
아빠께
전하고픈 큰 기쁨

평화의 종소리
검은 들판으로 울려 퍼지고

우리의 대륙
평화의 땅 아프리카에
브라스 밴드의 행진곡이
호랑나비 나팔 불고 춤추네요

톤즈의 가슴과 영혼의 춤이 천지에 너울너울
당신께로 달려가는 날개

빛으로 오신 신부님

은밀한 새벽
아무른 기척도 없이
공기처럼 꿈길로 오신 당신

길고 흰 수단을 입으신 신부님
반가움에 달려간 순간
하얀 제의에 가득 핀 꽃향기
태양처럼 눈부셔
감은 눈으로 훔쳐보는

성스러운 땅 수단
검은 대륙
우리의 땅

망고나무 아래
그 넓은 들판에서
성령의 바람이 펄럭이는
빛으로 눈부신 희디 흰 제의

수단 아이들의 하얀 미소 안으로
성체를 영 하시는 당신
은밀하고 은밀한 새벽
빛으로 오신 신부님의 광채

아프리카를 사랑하는 쫄리 신부님!
아이들의 희망으로
떠오른 태양 같은 당신

당신은 톤즈의 등불 우리의 환한 빛

꽃그늘처럼 환한 미소

미주 아프리카 희망센터에서 받은 사진
당신의 인자하신 모습
십자고상 아래 놓고
매일 만나는 기쁨

"하느님은 정말 사랑이십니다."
꽃그늘의 맑은
희고 환한 미소로
저를 늘 깨우쳐 주시네

흰 로만컬러가 선명한
검은 제의 입으신

멋스런 당신은 설핏
사진 속에서 나오시어
내 머리위에 손을 얹고
안수기도 해 주시네

꽃그늘처럼 고요한
당신의 하얀 미소

은총 입은 내 영혼
사랑의 찬미가
신나는 춤으로 봉헌되는 기쁨

평화가 일어나 나팔 부는 새벽 별

참 사랑 교육의 힘

깜깜한
수단의 가슴

쫄리 신부님의
총체적 봉헌의 힘

음악이 가슴열고
영혼이 구원 얻어
달빛에 익힌 형설지공

이젠 편지를 써서
하늘나라로 띄울 수 있는
검은 눈동자들
파란 세상을 읽고 또 읽네

아프리카의 가슴에
쫄리 아빠의 정신이 자라가는
참 사랑 실천의 교육의 힘

교육의 열매!
사랑의 승리!

당신이 뛰고 춤추며 신이 나도 좋을 참 사랑의 나무들!

4 부

먼 기다림은 별이 되어

슈크란바바

눈물로 밤새워
감사드리는 사랑
멈춘 열정 다시 불사르게 하신 당신

그분 말씀 따라 살아오신
당신의 값진 삶
뼈와 살로 갈아 보여주신
낮은 자를 알뜰히 보듬는
그 길 따라 살고픈 요동
뜨거운 감사의 불길로
타오르게 하신 당신

그분과 이웃 위해 해온 일 없이
당신보다 오래 사는 것

송구하고 송구해서
저는 이제 떠나도 괜찮다고
뱉은 말이 허공에 맴돌다 돌아오는
제 일상을 게으름에게 내준

삶이 반성되고 반성되어
새로운 출발 할 수 있는
동기부여 주신 당신께

죽음 후에도 감사해요
슈크란바바! 슈크란바바!*

* 수단어로 "하느님 감사합니다"

미주 아프리카 희망 후원회

미주 아프리카 희망 후원회
벽마다 활짝 핀 당신의 흰 구름 미소

사진 속 여러 이미지들

아름다운 사람꽃향기
흐드러진 웃음이 날아다니는
환한 빛으로 우주 가득한 그리움

당신의 별빛 눈동자
미안해 어쩔 줄 모르는 내 눈동자
마주한 시선너머로
아픈 사랑이 침묵 한다

바다 같은 그 사랑 때문에
모인 우리들
온 몸으로 가르쳐주신

당신의 참 헌신처럼
수단을 아끼는 우리
테이블 앞에 둘러앉은 봉사자들

꿈의 손길이 희망의 마음이
사랑 에너지 발산하며
동분서주 달리는데

아프리카 수단의 하늘과 땅이
새롭게 떠오르는 찬란한 태양

미주 희망 후원회 손길이 수단으로 달려간다

사랑으로 응원해

프리웨이 못 타는
반 토막 운전으로
로컬 길 타고 후원센터로 가는
한참 걸리는 운전이
마냥 즐겁네요

차안에서 시디로 듣는
당신의 아프리카 얘기
어느새 저는
원색의 순수가 고스란히 숨 쉬는
수단의 푸른 초원을 달리는 기분이네요

처음 신부님을 만난 책
『친구가 되어주실래요?』
두 번째 신부님을 만난 영화
『울지마 톤즈』에서
서럽게 울던 브린지 크리스타나 산토 제임스
토마스 아이들의 이름을 다정히 불러보네요

당신 자신보다 아이들을 더 더
사랑하신 쫄리 신부님!

저희들도 당신의 가슴으로
수단의 아이들에게 희망을 보내고
사랑으로 응원합니다

별이 가슴마다 파란 빛을 그리네요

영원한 감사

그분 주신 사랑 감사해서
수십 번 말씀을 읽고 읽으며

못 박혀 물과 피 흘리신 그 사랑
송구하고 감사해서
수없이 무릎 꿇은 다짐들

나태함으로 무너지고 또 무너져
오만 가득한 내 의지로 살며
바닥 헤매고 헤맬 때

아프리카 수단에서
사랑의 실체로 오신 당신
자기를 온전히 썩혀
밀알사랑 스스로 키워낸
보화보다 귀한 당신사랑 본받아
다시 한 번 일으켜 세운 믿음

당신을 이 땅에 보내주신
그분께 춤과 노래로 찬미 바치며
시사여귀의 경지에서
이 땅의 삶을 마감하시는 순간까지
병석에서도 책을 쓰시며
아프리카를 사랑으로 걱정하신

톤즈와 저희들은 눈물과 기도로
영원한 시간 속에
감사의 꽃을 가꾸며
보고픔이 맑게 숙성된 향기가 되도록

기억을 보관하게 하는
당신은 진정 누구신가요?

못 다한 고백

별이 떨어지고
해가 빛을 내지 않는 것처럼
제 신앙은 터널 속 무덤이었습니다.

신랑을 기다리는 열 처녀 중
기름을 준비하지 않은 것이
제 믿음이었습니다.

다섯 달란트를 열 달란트로
두 달란트를 네 달란트로
키우지 못했습니다.

주신 하나를 땅에 묻었다가
하나 그대로 파서
당신 앞에 내놓는
게으른 종이 저였습니다.

신부님의 책과 영화로
제 양심 화살 맞고 받은 자극
깨어난 회심을 지키렵니다.

진리의 삶을 갈망하는 제게
게으른 어둠이 근접 못하게
빛의 울타리를 쳐주시어

마음의 길 몸의 길 영혼의 길까지 열어주소서!

승리의 깃발

아직도 모르겠네요
정말 이해가 안가네요
한 사람이
어떻게 그 많은 일을
할 수 있는지요?

하루에 150여 명이 넘게
찾아오는 환자들
80군데 마을 수시로 돌며
아픈 사람들 찾아가
치료해 주신 당신

우물 파고 학교와 병원 짓고
음악 영어 수학 그리고 틈틈이
그분의 말씀까지 알뜰히 가르치신
그 위대한 능력
자상한 아버지시며
스승이신 쫄리 신부님!

구별 없이 서로 챙기는 법과
게으름 없는 열정으로

수단 사람들 영성과 삶의 발전위해
땀과 피로 그린 승리의 깃발

사랑의 물결로 펄럭이네요!

사그라다 페밀리아를 건축한
안토니오 가우디처럼 몇 백 년 후를 생각했던
사후에도 일을 놓지 않으시는

당신은 진정 누구십니까?

망고나무가 된 겨자씨

몸은 복음 옷 입고
영혼은 그리스도의 사랑으로
아프리카에 심겨진 겨자나무

한 알의 밀알
수단에 심겨져 튼튼히 자라고 자라서
하늘을 덮을 만큼 큰 나무가 되고
그 그늘아래 모인 묵주기도회

당신의 제자들 노래하고 춤추며
망고나무 아래 성전에
찬양이 온 하늘을 덮을 만큼
기도로 모이는 성령의 은총

은밀한 바람결
보랏빛 말씀 속살거리며
천국에서 들려오는 현의 노래
당신의 나팔소리 닮은
푸르고 푸른 목소리들

영혼의 강론 들으려
마른 목줄기로 달려온
수많은 아이들
평화의 망고나무 아래서
그분의 나라가 임하시네!

겨자씨는 망고나무가 되고 산을 옮길 에너지가 되고

피그말리온처럼

키프로스 왕이
아프로디테 여신을 사랑하듯
피그말리온은 자신이 만든 조각에
생명을 불어넣고
조각과 사랑에 빠졌지요

밤하늘의 별들이
수단 아이들의 눈에서 보석처럼 빛나는
외면할 수 없는 당신
헐벗고 굶주린 그들을 보면서
마치 그분을 거부하는 것 같아
등을 돌릴 수 없는 것처럼

쫄리 신부님!
당신은 그들의 아버지가 되어
가슴으로 그들을 낳고
사랑으로 가르치느라
자신은 희생에게 내어주고

완전한 밀알이 되신 당신
그 씨앗 수단의 아이들과
저희들 가슴에 새싹으로
무럭무럭 자라고 자라서
당신께 감사하고 또 감사하며

피그말리온이 자신이 만든 조각과
깊은 사랑에 빠지듯
이 세상 떠나는 순간까지
스스로 선택하신 아프리카를
끝까지 사랑한 당신은
피그말리온처럼 톤즈를 껴안은
진정 참 사랑 실천 그 자체시네요

사랑 속에 살아계신 당신의 숨소리 공기로 느껴요

위대하신 당신

쫄리 신부님!
위대함의 척도는 용기라 하지요

모험 용기 열정을 하나로 뭉쳐
동사로 실천하신 당신
가슴 깊은 곳
사랑의 불씨 없이는
절대로 못할 일이네요

저는 자식 하나도
제대로 못 키웠는데
가슴으로 낳은 그 많은 자녀들
제대로 키워 가르치신 당신

당신 어머님으로부터 전수받은
은밀한 신앙의 비밀인가요?
위대한 하늘신비 그 자체시네요

당신의 모든 것
고스란히 이어받아

전체를 하나로 평화의 나라에
봉헌 하고픈 뼈저린 이 갈망

투명한 영적 세계에 계신
당신은 아시겠지요?

당신의 위대한 사랑 빌려 줄 수 없나요?

톤즈에서 온 당신의 편지

교육과 신앙이 장마철 들풀 자라듯
눈에 띄게 성큼성큼
변화하는 톤즈 아이들의 모습

새벽미사에 빠지지 않고
참석하는 아이들이 200명이나 되고
그 가운데 수도자 뺨치는
아이들도 꽤나 있으니
당신이 손수 씨 뿌려 가꾸신
헌신의 결실이네요

오후 묵주기도 시작을 알리는
종소리가 울리면
신나게 뛰어 놀던 모든 동작을 멈추고

망고나무 밑 작은 성모상 앞으로
모여드는 아이들을 보면서
그분이 함께 하심을
확신할 수 있었던 당신

전쟁으로 부서진 옛 학교
북부 아랍인들이 떼어간
양철 지붕을 다시 얹고
돌과 시멘트로 벽을 쌓고

창문과 문을 만들어 달고
페인트까지 칠해 놓으니
참으로 멋진 학교로 다시 태어나서
한없이 기쁜 아이들과 당신

아이들의 영혼구원과 장래를 위해
당신의 영육이 마치 돌과
시멘트로 이겨져 탄생된 작품이네요

톤즈에 축복이 평화의 눈으로 펑펑 내리시길

목마른 향학열

헬로우, 기브 미 초콜릿
기브 미 츄잉껌
가난한 내 유년 시절
새록새록 떠오르고

톤즈의 어린이들
기브 미 펜, 기브 미 노트
배가 고프고 입을 옷이 없어도
별빛 달빛 아래서 공부하는
배움에 목말라 하는 열정

쫄리 신부님!
수단에 갈 때
등이 휘어지도록
학용품을 챙기지요

머지 않는 그날
남 수단에서 분야마다
노벨상 수상자가
나올 것을 믿으며

영혼과 가슴으로 키우신
당신의 자녀들
돈보스코 브라스 밴드
참으로 자랑스럽네요!

세상에 본이 되고
그분 앞에 자랑스러운
목마른 열의가 피워낸
광야의 음악단 노래의 들판

아름다운 향기
돈보스코 브라스 밴드
계절 없이 피어나는 수단의 구름꽃!
목마른 배움이 만든 톤즈의 구름꽃!

노래하는 기도

아우구스티누스 성인이 말했듯
노래로 기도하면 기도의 영적효과가
훨씬 더 커진다고 한 것처럼

당신은 의학을 신앙에 접붙여
가슴을 훑는 노래와 악기로
높은 선교효과를 내셨네요

저도 오늘아침
노란 겨자 꽃이 봄 산을 덮은
할리우드 산 계곡을 걸으며 노래로
감사기도를 올렸지요

이과수폭포를 배경으로
가브리엘 신부와 과라니 족의
만남을 배경으로 한 마음의
풍광이 펼쳐지는 것을 상상하며

당신이 흰 제의를 입고
'넬라 판타지아'를 피리로 불며
미사시간에
입당하시는 모습을 보시는
그분은 참 기쁘시겠지요?

하늘로 지향을 두고
아름다운 시와 노래 그리고 춤으로
감사와 기도로 바치는 찬미
하늘에는 영광
땅에는 기쁨과 평화

햇빛 공기 흙 나뭇잎 시냇물
천지에 축복무늬가 너울대는
그분의 강복
노래하는 기도는 기쁨이 되네요

하 서방님

하 서방님(하느님)께
한번 잡히면
빠져날 수 없는 길
로마의 까따콤 같은 천국 미로

몸은 땅에 붙은 젖은 낙엽
지상 밭에서 고달파도

재처럼 자신을 태우고 가신
영혼은 그분 안에서
하늘궁전 드신 당신의 영광

마음과 몸과 심령으로
포괄적인 생을
이웃 위해 알뜰히 바치신

내가 백번 죽어 다시 태어나도
차마 흉내도 못 낼 그 사랑

이승과 저승을 아우르며
국민훈장 무궁화장 상부터
하늘 상금까지 전부 획득하신

하 서방님께 붙잡힌 것
알고 보니
더 없이 은밀한 신비의 비밀
찬란한 무지개로 떠오르는
영광의 빛인 것을

하 서방님!
저희들 손도 꼭 잡고 가소서

그리스 신화와 철학이

아테네는 신화의 도시
유네스코가 지정한 세계 고적 1호인
파르테논 신전과 더불어
제우스 나이키 아폴로 포세이돈 아킬레우스
이름 할 수 없는 수많은 신전들

철학계의 거성이라 불리는
탈레스 소크라테스 플라톤 아리스토텔레스

아테네를 둘러보고
신화와 철학이 삶의 질을
발전시킬 수 없는 이 시대를 살피며

그리스 신화가 있기 전
철학의 뿌리가 싹트기 전
당신께서 진리와 사랑을 들고
그리스와 터키에서 태어났으면

카파토키아의 데린구유의 비참함이나
신화와 철학으로 저들의 정신이
무너져 내리지 않았을 것을
그분의 창조사업이 도태상태인 땅

당신이 그 땅에 계시면
지금쯤 진리와 사랑의 꽃으로
물로 바다 덮음 같이

신화와 철학은 잠잠하고

평화로 오실 위대하신 분 지구별에도
그분의 새 역사가 창조를 이루는
오늘이 저만치 오고 있는데

당신자리 비워놓고 기다리는 묵주기도!

유통의 대가이신 당신

유통의 프로이신 당신
주님께서 자신의 몸을 쪼개시고
살과 피를 나눠주신 것을, 자신의 몸이
부서지도록 몸소 나눔의 법칙을 경험한
하늘나라 수학을 풀어 보급해 주셨네요

하나를 열로 나누면
우리가 가진 것이 십 분의 일로 줄어드는
속세의 수학풀이와 달리

하나를 열로 나누면 천이나
만으로 부푸는 하늘나라 참된 수학 법
수단을 통해 자신을 완전히 쪼개어 나눠주는
그분의 수학법칙을 동사로 실천하시는

호화로운 저택에서 고급차를 몰고
세상이 좋다고 외치는 욕망의 삶
유행 따라 무엇이든 바꾸는 소유욕에 잡혀
영혼이 병드는 줄 모르는 생활보다
저희에게 섬김과 나눔을 직접 몸과
영혼으로 유통시켜 주신 고마우신 당신

진정 행복한 삶은 적게 가지고
많이 나누며 섬기는 철학적 사랑
하늘나라의 수학법칙임을 온 마음과
몸으로 현장까지 유통시켜주신 당신

저희도 무거운 짐 내려놓고
쪼개어 나누고 섬김으로 실천하는 행복

소유의 삶을 배척하고
존재의 삶을 선택해서
빈손으로 더 행복한 법칙을 배우는

영혼이 풍성한 삶을 지향하게 하소서!

생트 샤펠 성당에서

보랏빛이 낳은 신비스럽게 오묘한 빛
황홀함이 빚은 찬란한 광채
고딕양식의 스테인드글라스로 지어진
세상에서 가장 아름다운 성당

왕족과 귀빈들이 이용한다는
내가 꿈속에 들어와 있는지
꿈이 나를 둘러싸고 있는지
눈부신 빛 속의 화려한 빛!

빛 속에 울려 퍼지는
비발디의 바이올린 협주곡 사계
봄이 터지는 성모님의 계절

감미로운 클래식 음악축제
쫄리 신부님의 지휘와
브라스 밴드가
생트 샤펠 성당의 오케스트라와 함께

인간의 구원을 위해 아들이
희생당하도록 스스로 내어주신
성모님을 기리는 합주곡

오월의 파리 시테섬 밤하늘을 장식할 때
내 영혼 성령에 취해 춤추고

쫄리 신부님과 브라스 밴드의 환상
상상 속에서 멀어질 때

보랏빛에 물던 내 정신 몽롱이 깨어나
허공 같은 아쉬움을 낳아도

슈크란바바!

영혼이 성장하는 감사가 하늘로 자라고 자라는 뿌리!

노트르담 성당에서

먼 이국땅에서 파고드는 이방인의 고독
포도주에 젖어 잠들고 싶은 빈 가슴

시떼 역에서 센 강변을 걸어서
노트르담 성당에 들어선다

아름다운 그레고리안 찬트가
눈물 나도록 가슴을 적시는 주일 오전

성수로 십자성호 가슴에 긋고
제대 앞에 무릎 꿇으며
독백처럼 올려 드리는
내 영혼의 절절한 기도

그분의 영광이 이태석 요한 신부님께
내 아들 이유빈 바오로에게 영혼구원을
저에게는 평화의 강복을 긍가하소서!

제대 뒤 십자가상 아래
묵상기도 바치며 앉아계신 노트르담의 피에타 상
참척의 성모님이 아들의 주검을 품은 모습
순간 이태석 신부님의 인자하신 어머니 모습과 겹친다

참척의 고통이 얼마나 힘드실까
긴 세월이 흐른 내 가슴이 이러히 서러운데

다시 무릎 꿇고 마음 밝히는 촛불을 켜며
당신 어머님을 위해
평화의 기도 은밀히 바치는데

먼 이국의 하늘에서 들려오는 듯
그레고리안 찬트의 음률과 함께

'평화가 너희와 함께'

겹쳐진 아픔

시간이 지날수록
선명히 살아오는
죽음이 있는 것처럼

우릴 위해 아들을 산 재물로 내어주신
그분 일생을 재현시켜 주신 당신

가난한 노숙자와 교회 일로
자기의 열정을 재처럼 태우고
멀리 떠난 우리 유빈이
그가 간지 오랜 시간이 지난 지금도
저승에서 이승으로
생생히 걸어오는 내 아들의 환영

책과 영화에서 만난
태석 신부님!

내 삶의 안팎이
아들 잃은 아픔으로 겹쳐 와서
떨칠 수 없는 그 사랑 깊어
생각과 가슴의 소리 들으며

시를 쓸 때마다 신부님을 느끼고
당신의 체취가 심어진 톤즈를
사랑하게 된 오늘을 가꾸며

무지갯빛 비전의 잉태가
아프리카에서 찬란히 해산되기를

내 가슴 안에 있어도 보고픈 유빈이!
영원히 그리운 우리들의 태석 신부님!

야훼시여! 저희 기도 품어주소서!

밀씨가 되신 당신

몸을 갈아
아프리카 수단에 뿌린 씨앗
푸른빛으로 자라난다

피와 땀으로 가꾸고
영혼의 눈빛으로 쏟은 사랑
떠오르는
태양처럼 찬란하다

한 알의 밀알이 되어
검은 대륙과 온 누리에
사랑의 숲을 이루고
겸손히 떠나가신 당신

황홀하여라
아름다운 선종이여
영원히 살아있을

성인이신 당신 이름은
성 이태석 요한 신부님!

당신 후광이 온 누리에 환한 빛으로

테레사의 행복

매력적인 이목구비에 예쁜 얼굴의 미혼녀
밝고 맑은 미소가 환하다

테레사가 드는 손은 손가락이 없다
그녀는 한센병 환자지만
남이 주는 상처를 받지 않는다
가난하지만 비굴하지 않고
못 배웠지만 살아 있으매 당당하다

진정한 평화의 원천이
어디서 오는 가를 알고 있는 테레사!
쫄리 신부님이 가르쳐주신 온전한 선물!

부활하신 주님이 살아서 내 안에 계시면
불안과 상처를 막아 주심을 믿는 테레사!

평화의 장벽은 타인이 아니고
나 자신임을 순간순간 알아차리는 것이다

내 안에 예수그리스도가 계시는 것은
면력주사를 맞아 상처를 밀어내는
에너지를 발산하는 이치였다

바닥까지 내려간 건강
바닥까지 가난한 물질

행복은 물질이나 조건이 아니라는 테레사!

먼 기다림은 별로 뜨고

저어기
가슴 태우며
햇살로 반짝이는 별
쫄리 신부님!

밤하늘에
눈 못 떼고
동아줄 타고
어서
내려오시길 애타게 기다리는
톤즈의 간절한 꿈!

먼 기다림은 별이 되고
사랑이 깊으면
그리움은 무지개로 뜨는데

빈자리 채울 당신은 언제오시죠?

마무리

환자 돌보며 병원 짓고
아이들 가르치며 학교 짓고
미사 드리며 성당 짓고
뭉텅한 나병환자 발 스케치해서
명품 맞춤신발 신기고
학생들에게 음악 가르쳐
브라스 밴드 만들고

고등학생 반에서 수학과 영어를
자정에는 기숙사에 들려
시간이란 틈새를 오가며
알뜰히 가르치는 열정

자투리 틈새에
배추심어 된장국 끓이고
손수 이발 하시는 당신

백신 보관할 전기가 없어
태양열 집열기 직접 다시느라
지붕에 올라앉은 제우스 신 같은 존재

홍역으로 1년 사망률이 5십 명이나 되었는데
냉장고가 생겨 의학품 보관이 가능하자
홍역으로 세상 떠나는 생명이 없어진 톤즈

과학 의학 교육 신학 작사 작곡 노래
지휘까지 척척하시는 당신
그분을 몽땅 닮은 아프리카를 위해
인카네이션 하신 구원의 주 당신

저희들의 롤 모델이 되신 당신
사랑과 존경과 섬김을 온 몸으로 실천하며
그분을 스스로 살아내신
현시대에 가장 위대하신 당신!
당신과 동시대를 살았다는 것이 축복이며
당신이 대한민국 출신임이 자랑스럽고
당신이 가톨릭 사제인 것이 영광스러운

행복이 하늘바다에 넘치고
땅의 정원엔 사랑 꽃향기
새 하늘 새 땅에 무지개 뜨는

평화의 물결!
사랑의 불꽃!

하늘과 땅이 연결된
행복다리 구원다리
재건축하신 이태석 요한 신부님

영광 받으소서!
사랑 받으소서!

당신자리는 당신만으로 채울 수 있는
영원한 사랑의 빈자리!

행복의 성호경

매일 수십 번
이마에서 가슴으로
왼쪽 어깨에서 오른쪽 어깨로
십자성호 마음 깊이 긋고
내 몸 기도로 봉헌하며

그분 이름으로 친밀하게 강복 빌 때
행복의 문은 은밀히 열리고

그분께는 영광이
지구별은 평화를
태석 요한 신부님께 전부를

슈크란바바!
슈크란바바!

성부와 성자와 성령의 이름으로 - 아멘.

이향영, 리사리의 글을 보고

김유조

문학평론가

이향영, 리사리(Lisa Lee) 작가를 시인으로만 부른다면 무리가 된다. 다재다능한 이 문인은 글쓰기에서는 장단편의 시, 시조와 소설, 수필, 논픽션의 경계를 넘나들고 그림 쪽에서도 다양한 화폭의 개인전과 그룹전을 여러 차례 가진 바 있다. 이렇게 소개를 하면 혹시 딜레탄트 기질의 문화인이 다방면으로 가벼운 터치를 하고 있는 가 지레짐작할 수도있겠지만 사실은 결코 그러하지가 않다. 자칫하면 큰 오해를 저지르는 셈이 된다.

깊고 진지한 성품에서 발현된 이 작가의 예술혼이 탐닉하는 면모는 어쩌면 목숨을 건 정진이며 그 순정한 영혼은 추구의 끝 간 데를 가늠하기 어려운 진지한 여정을 갖는다.

이번에 상재한 『환한 빛 사랑해 당신을』이라는 표제의 시집은 '물처럼 사랑하고 바람같이 떠나가신 고 이태석 요한 신부님을 그리며'라는 부제에 맞추어 모두 아흔 편의 기도문같이 정갈한 시 세계를 보여주고 있다.

아프리카의 수단에서 말로 표현할 길 없는 값진 삶을 살다가 선종한 이태석 신부님의 궤적을, 때로 그리움으로, 때로 안타까움으로, 때로 인간적 신앙인으로서의 깊은 회의와 의문의 과정을 거쳐 마침내 다시 다가오는 깊은 믿음의 해답으로 그려놓은 시편들은 도식적인 종교시의 범주를 훌쩍 뛰어넘어서 예술적 감성으로 우리의 가슴을 적셔주고도 남는다.

전작 팩션 소설 『레퀴엠』을 떠올리지 않더라도 작가의 가족사적인 격랑을 어느 정도 알고 있는 입장에서 이 시집의 콘텐츠는 그런 힘든 마음을 처음부터 폭포수처럼 털어내는데 그치는가, 다소 조심스레 들어가 보지만 깊은 사유와 재능 있는 시인으로서의 기량을 갈고닦은 시심은 그렇게 정제되지 않은 감상을 무턱 쏟아내지 않아서 오히려 뜨거운 감동과 깊은 설득력을 보여준다.

시집의 처음은 크나큰 봉사의 삶을 아쉽도록 짧게 살다간 이태석 신부와의 책을 통한 만남의 순간을 차분히 회상해 나아간다. 그러나 그 만남은 낭만적, 서정적 만남이 아니라 참혹한 아프리카의 현장이 얼개를 구성하는 처절한 내용임을 독자에게 금방 전달한다.

〈엄마의 가슴은〉이라는 시를 인용해본다.

엄마가 딸의 손을 잡고 / 검진을 받으러 왔을 때 /
나병이 아니어서 참 다행이라 / 매우 기뻐셨던 당
신 // 나병으로 판정이 나면 / 조금의 배급을 받을
수 있었는데 / 한숨 끝에 무너지는 발걸음 // 엄마
의 표정은 / 실망어린 슬픔으로 / 고개 숙여 돌아
섰고 // 자식이 나병이길 바란 / 참혹한 엄마의 기
대 / 검은 대륙에 태어난 것을 / 누굴 원망해야
할까요? // 세상이 외면하는 / 천형 같은 한센병이
/ 딸에게 전염되기를 갈망하는 / 엄마의 심장에 돌
을 던질 수 있을까요?
(후략)

이런 엄혹한 땅에서 이태석 신부는 〈의사 신부님〉으로 〈종
합 예술가이신 당신〉으로 시인에게 다가온다. 인류에게 드리
워진 이런 보편적 비극성의 일단을 치유코자 애쓰는 신부님에
대한 한없는 경외와 사랑의 심정을 바탕으로 하여 시인은 자
신의 뼈저린 개인사적 아픔을 이윽고 호소하기 시작한다.

〈그리움은 무지개로〉라는 표제의 시에서 그 절절하고 아픈
감상은 연상 기법으로 스며나 온다.

(전략)
오늘 아침 / 산책로에서 본 / 내 친구 다람쥐의
주검 // 가슴 속으로 / 손살 같이 밀려오는 / 이태
석 신부님의 선종 / 내 아들 유빈이의 죽음 // 언
제까지고 / 지워지지 않을 / 기억의 여신 므네모시
네가 / 내 안 깊은 곳에 사는가! // 다람쥐의 주검
도 놓치지 않고 / 번개보다 빠르게 살아오는 / 하
늘나라에 사는 / 그립고 그리운 사람들 // 안타까
움을 남기고 가신 신부님! / 한마디 말없이 곁을

비운 내 아들! // 가슴 밑으로 흐르는 소리 없는
울음은 // 그리움 되어 무지개로 찬란히 지고 뜨고

이제 시인은 자신의 아들을 이 세상에서 미리 떠나보낸 사
실과 심회를 시 속에서 조금 나타낸다. 그러나 아직도 시인
은 자신의 상실을 모두 다 드러내지는 않고 이어서 이태석
신부에 대한 숭모와 경외의 심정을 시적 서정으로 이어나가
며 죽음으로 헤어지는 비애의 보편적 의미를 천착코자 〈만남
을 위해 떠나신〉이라는 시제 아래 시심을 녹인다.

예수님의 삶과 십자가상의 죽음이 / 우리의 구원을
위한 것이었듯 / 신부님의 삶과 선종은 / 우리가
어떻게 살아야 한다는 / 깊은 가르침을 주셨네요

(중략)

헨리 나웬은 / '사별은 사랑하는 사람을 떠나는 것
이 아닌 / 그들과 새로운 형태로 깊이 연결될 것
이라고…' / 한 말이 사실이네요 // 태석 신부님! /
예수님처럼 당신의 헌신된 삶과 선종이 / 다른 사
람들에게 진리의 롤 모델이 되어 / 주님을 만나는
아름다운 길이 되셨네요!

(후략)

이제 시인은 자식을 잃은 슬픔을 어떻게 이겨내고 또 어떻게
함께 견디어야하는가에 눈을 돌리게 된다. 예수님을 보내시는
성모 마리아의 〈피에타 상〉을 상기하는 것이다. 이태석 신부의
어머니를 찾아보아야겠다는 승화된 감상이 시에 묻어난다.

영화 '울지마 톤즈'를 / LA CGV에서 보는 순간 /
심장에 짓눌린 눈물 내장을 찌르고 // 아들 앞세운
가슴 / 숨 막힐 흐느낌으로 한 맺힌 경험이 / 태
석 신부님 어머님의 눈물을 감지하며 // 18세 나이
에 / 내 가슴에 묻힌 아들 이유빈! / 그가 떠난 후
고였던 무의식의 호수 / 둑을 넘쳐흐르듯 목 줄기
타고 올라 / 눈 코 귀로 구멍구멍 쏟아지고 // 다
시는 볼 수 없는 자식 / 가슴 도려내는 참척 / 심
장의 한이 터진 눈물

(후략)

이향영, 리사리 시인의 시를 읽으며 문득 알프레드 테니슨
(Alfred Tennyson, 1809-1892)이 친구의 죽음을 애도한 장시
'인 메모리엄'을 떠올려본다. 자식을 먼저 보낸 심정과 친구의
급서를 비교할 수 없을지 모르겠지만 테니슨의 친구 아더 핼
럼(Arthur Hallam)은 뛰어난 지적 능력으로 테니슨에게 큰 영
향을 주었고 둘의 우정은 지극하였다. 그는 테니슨의 누이인
에밀리와 약혼까지 했는데 1833년, 테니슨의 나이 24세 때
그만 오스트리아를 여행하다 죽었다. 가족사적인 비극으로 맞
물리는 대목이 아닐 수 없다. 테니슨은 이때의 비통함을 평
생을 통하여 갖고 살아갔으며 〈사우보(思友譜)〉로 번역되기도
하는 친구 생각의 이 장시에는 구약 욥기와 함께 절대자에
대한 회의와 극복과 그 회복의 과정이 절절하다. 테니슨이 17
년 동안 쓴 이 시는 3000행에 달하는 장시였다. 인간으로서
는 견디기 어려운 이 힘든 과정에서 테니슨은 처음 절망, 신
에 대한 회의와 항변, 그리고 마지막으로 저 유명한 희망의
종소리를 울리며 새로운 확신을 노래한다.

종소리 크게 울려라 / 저 묵은 해가 가는데 / 옛
것을 울려 보내고 / 새 것을 맞아들이자

이향영, 리사리 시인의 시세계에서도 어찌 자식을 잃은 육
친의 비통한 상실감이 쉽게 치유될 수 있으랴. 〈신부님처럼〉
에서 시인은 절규한다.

태석 신부님! / 만약 당신의 친한 친구들이 / 아들 딸 손
자 자랑을 / 질투 나도록 한다면 / 신부님 마음은 어떨
까 생각해 봅니다 / 넓은 신부님의 가슴엔 / 여전히 평
화의 깃발이 펄럭일 것을 / 신앙이 새순 같은 저는 힘이
듭니다 / 교만이 이마위에 붙어 / 자식 손자들 자랑 노
래를 부르는 / 저들을 위해 한쪽 가슴은 축하 해주고 /
제 아들이 묻힌 다른 한쪽 가슴엔 / 바늘이 자라듯 통증
이 커지는 것을
(후략)

그리고 자식을 잃은 이태석 신부님 어머님께 드리는 통감
의 고통을 〈이태석 신부님 어머님께〉라는 시로 엮는다.

안부를 드리기조차 민망스러운 / 슬픔이란 걸 너무
나 잘 알지요 / 어쩌면 아들 신부님을 아직도 /
가슴에 묻지 못하고 / 믿을 수 없는 사실에 / 외
면하고 싶은 심중을 이해하지요 // 저도 18세 된
아들을 / 서울대학에 연수 보냈다가 / 그곳 기숙사
에서 감전사로 / 아들을 잃은 어미입니다 // 제 아
들 이유빈은 어릴 때부터 / 신부님처럼 가난하고
불쌍한 / 사람들 교회 일을 돕는 일에 유난했지
(후략)

그러나 이제 피에타의 심화까지 시심으로 나누어 본 이향영, 리사리 시인은 그 처절한 감상의 매듭을 신앙으로 승화시켜 나아간다. 제 3부와 제 4부에 실린 시의 표제만 읽어보아도 그러한 심정을 느낄 수 있다. 아래에 몇몇 시의 제목을 음미해본다.

〈성모 성심을〉, 〈아름다운 향기〉, 〈빛으로 오신 신부님〉, 〈미주 아프리카 희망 후원회〉, 〈사랑으로 응원해〉, 〈영원한 감사〉, 〈망고나무가 된 겨자씨〉, 〈노래하는 기도〉, 〈먼 기다림은 별로 뜨고〉, 〈마무리〉, 〈행복의 성호경〉 그중에서 〈노트르담 성당에서〉를 인용하면서 이향영, 리사리 시인의 마음과 영혼의 여정을 함께하며 시심의 승화를 접해본다.

(전략)
아름다운 그레고리안 찬트가 / 눈물 나도록 가슴을 적시는 주일 오전 // 성수로 십자성호 가슴에 긋고 / 제대 앞에 무릎 꿇으며 / 독백처럼 올려 드리는 / 내 영혼의 절절한 기도 // 그분의 영광이 이태석 요한 신부님께 / 내 아들 이유빈 바오로에게 영혼 구원을 / 저에게는 평화의 강복을 긍가하소서! / 제대 뒤 십자가상 아래 / 묵상기도 바치며 앉아계신 노트르담의 피에타 상 / 참척의 성모님이 아들의 주검을 품은 모습 / 순간 이태석 신부님의 인자하신 어머니 모습과 겹친다 / 참척의 고통이 얼마나 힘드실까 / 긴 세월이 흐른 내 가슴이 이러히 서러운데 // 다시 무릎 꿇고 마음 밝히는 촛불을 켜며 / 당신 어머님을 위해 / 평화의 기도 은밀히 바치는데 // 먼 이국의 하늘에서 들려오는 듯 / 그레고리안 찬트의 음률과 함께 // '평화가 너희와 함께'

이향영, 리사리 시인은 요즈음에도 글쓰기와 그림 그리기에 전념하지만 유니세프를 통하여 어려운 나라의 어린이들에 대한 헌신에도 남다르게 나섰다는 전언에 접한다. 말이 앞서는 시대에 실천적 모습이 또 다른 감동이다. 고개 숙여 경외의 마음을 떠어본다.

* 본문은 2주기 추모시집 때의 서평인 관계로
저자의 미국명 리사리가 병기 된 점 읽는 분의 양해를 바랍니다.

故 이태석 요한 신부님의
제 10주기 추모에 바치는 시와 노래

저는 미국생활 40여 년을 정리하고, 내 고향 부산에 돌아왔습니다. 이 시집은 2012년 『사랑이 깊으면 그리움은 무지개로』라는 제목으로 이태석 신부님 2주기 추모집을 미국에서 출간했습니다. 신부님의 책과 영화를 보고 깊은 감동을 받아 쓰여 졌지요. 제 아들도 하느님의 사역인 불우이웃돕기 일을 열심히 하다가 18세의 나이에 세상을 떠났습니다. 불쌍한 사람들을 돕다가 선종하신 신부님이 제 아들 같았습니다. 그런 동기로 첫 시집을 써서 미주 아프리카 후원회에 봉헌했습니다.

한국에는 알려지지 않은 시집을 이번 2020년 이태석 신부님 제10주기와 기념관 준공을 위해서 『환한 빛 사랑해 당신을』으로 제목을 바꾸어 다시 썼습니다. 2주기 때는 너무 아프고 슬퍼서 눈물로 썼고, 이번 10주기를 맞이하여 시편들을 보완하면서는 제 상처가 많이 치유 받았음을 느꼈습니다. 천국에 계신 신부님과 수단의 우리 아이들도 많이 편안해 졌으리라 믿습니다. 제 아들이 하던 불우이웃돕기를 대신 이어 하겠다는 맘으로 이렇듯 작은 봉헌을 할 수 있게 도와 주신 주님께 감사드립니다.

　　　　　　　　　　　　　　　　　이향영 레지나

이태석 요한 신부 추모시집

초판 발행 _ 2020년 1월 14일
지은이 _ 이향영
표지글 _ 이선문
펴낸이 _ 안혜숙
편집 디자인 _ 임정호

펴낸곳 _ 문학의식
등록 _ 1992년 8월 8일
등록번호 _ 785-03-01116
주소 _ 우편번호 23047 인천시 강화군 불은면 불은남로 341(오두리 360)
　　　우편번호 04555 서울 중구 수표로6길 25(충무로3가 25-12) 501호(서울 사무소)
전화 _ 02.582.3696
이메일 _ hwaseo582@hanmail.net

값 12,000 원
ISBN 979-11-90121-06-4

ⓒ 리사리, 2020
ⓒ 문학의식, 2020 published in Korea